L・NOVELS

真田幻闘記

北山密

KKロングセラーズ

【目次】

装幀——こやまたかこ
装画——小島文美
本文画——長島典子

真田幻闘記

序話
あやかしの才蔵《さいぞう》

大坂の野に、兵馬が満ちている。
慶長《けいちょう》二十年（一六一五）五月七日未《ひつじ》の刻《こく》（午後二時）。
暑い初夏の大坂で、激戦がくりひろげられていた。
雲霞《うんか》のごとく攻め寄せる徳川軍、十五万五千。

むかえ討《う》つ大坂城の豊臣《とよとみ》軍、五万五千。

軍師真田《さなだ》幸村《ゆきむら》は、前夜より最前線天王寺《てんのうじ》茶臼山《ちゃうすやま》に陣を敷き、南から攻め上げてくる徳川軍とむきあっていた。

夜が明けると、はるかかなたの平野に、徳川大軍団の色とりどりの旗、指物《さしもの》、幟《のぼり》、吹貫《ふきぬき》などが、七色の海ほどに広がって見えた。真紅《しんく》の母衣《ほろ》を背負った騎馬伝令が、ときおりその海を駆けていく。

この日、晴天。

「ねらいはひとつ、家康《いえやす》の首！」

緋縅《ひおどし》の鎧《よろい》に猩々緋《しょうじょうひ》の陣羽織《じんばおり》をまとった幸村は、金革《きんかく》の軍配をふるって、全軍に下知《げち》した。

「ただひとつ家康の首級《しるし》のみをめざして、駆けに駆けよ。ほかのことは、いっさい考えるな！」

軍装を赤に統一した三千五百の真田軍精鋭武者は、幸村の命令一下《いっか》、家康の本陣めがけ、鋭角の錐《きり》となって突進した。

何段もの徳川大軍団の備《そな》えを討ちくずし、家康の本陣に討ちかかること三度。

三度目の突撃戦では幸村みずからが、五十騎の武者とともに、家康の本陣に駆け込んだ。

真っ赤なつむじ風のごとき幸村隊の攻撃に、家康は色をなして逃げた。勇壮で名高い徳川の三河《みかわ》武士たちでさえ、大御所家康を見捨てて逃げまどう混乱ぶりであった。金扇《きんせん》の大馬標《おおうまじるし》と三葉葵《みつばあおい》の旗が、乱戦のなかに打ち捨てにされていた。

逃げる家康を、幸村の白鹿毛《しらかげ》の愛馬が懸命《けんめい》に追った。

しぶとい家康が、内くずれに壊走する自軍のなかで二度まで、敗北を覚悟して腹を切ろうとしたほど、真田隊の攻撃は熾烈《しれつ》をきわめた。

戦闘は、豊臣方に勢いがあった。

徳川軍は三倍の兵数をたのんでいる。先鋒《せんぽう》の越前《えちぜん》兵だけでも二万の軍勢だ。

豊臣軍がいくら突き崩しても、敵は後詰《ごづ》めの新手をくりだしてくる。

「秀頼《ひでより》公は、まだおでましなされぬか」

乱軍のなかで、幸村は何度も悲痛に叫んだ。

今日の決戦には、二十三歳の総大将豊臣秀頼《ひでより》が、天王寺まで出馬する予定になっている。

「淀殿《よどどの》によびもどされました。この期《ご》におよんで、家康から和議の使者が来たと」

本丸のようすを見にいった忍《しの》びの佐助《さすけ》がもどってきて、幸村に報告した。

（またしてもあのお袋さまが、家康にたぶらかされたか……）

幸村は、無念に唇をかんだ。

開戦当初の軍議で、幸村や後藤又兵衛基次《またべえもとつぐ》の出撃論を打ちくだいたのは、〝お袋さま〟淀殿だった。

去年の十二月、狡猾《こうかつ》な家康の詐術《さじゅつ》にはめられて、外堀ばかりか、二ノ丸の堀まで埋め立てられてしまい、秀吉が築いた鉄壁の大坂城を裸城にしてしまったのも淀殿だ。

（最後の最後まで……）

口惜しく、歯がみせざるをえない。

冬の陣から半年。

豊臣方の全軍は、すでに死を覚悟している。

十二万人いた城兵の半数以上が、城を見かぎって逃げた。

残ったのは、豊臣恩顧《おんこ》の忠臣たちと、

「家康の首を！」

と、鮮烈に念じる浪人諸将である。

威風堂々大兵《だいひょう》の若武者秀頼が、太閤《たいこう》ゆずりの金瓢《きんぴょう》の大馬標《おおうまじるし》をかかげ、茜色《あかねいろ》の吹貫五十本をなびかせ、千本の鑓《やり》部隊をひきいて馬を出せば、城方の武者は百倍の志気で奮戦する。

豊臣軍最前線の布陣《ふじん》は――

赤備《あかぞなえ》の真田隊三千五百。

采配《さいはい》のたくみな毛利勝永《もうりかつなが》隊四千。

キリシタンの闘将明石全登《あかしたけのり》の精鋭騎兵三百騎。

真田・毛利両隊が、家康の本隊を正面から突き崩し、花クルスの旗をかかげた明石隊が、敵隊列のわき腹を横撃急襲して、家康の首をはねる。

秀頼公の出陣さえあおげば、この作戦は、かならずや成功する。

家康の首は、幸村の愛刀正宗《まさむね》の切っ先のすぐさきにある。

しかし――

秀頼は、本丸大手桜門まで出馬していながら、母親によばれ、天守閣へ引き返した。

「わが策はやぶれた。ぜひもない」

幸村は手勢をまとめ、群がり寄せてくる越前《えちぜん》兵を何人も馬上から切り伏せた。

徳川軍先鋒越前松平忠直《ただなお》隊の足軽《あしがる》たちが、茶臼山《ちゃうすやま》を駆けあがってくる。

いくら切り伏せても、突き殺しても、敵兵は、際限なく押し寄せてくる。

午《うま》の刻（十二時）の戦闘開始からわずか一刻《いっとき》（二時間）のうちに、幸村は、全身に十数か所の手傷を負っていた。

幸村の影武者となった海野六郎《うんのろくろう》、望月六郎《もちづきろくろう》、根津甚八《ねづじんぱち》などは、いずこかでちりぢりに戦っているらしく、姿が見えない。

茶臼山にかかげてあった六文銭《ろくもんせん》の旗は、地にたおされた。

陣幕が敵兵に踏みにじられている。愛馬の鐙《あぶみ》にしがみつく敵兵を鎧通《よろいどおし》で突き伏せると、幸村は嗄《か》れた喉《のど》で叫んだ。

「みなのもの、よき死に場所を得よ。後生《ごしょう》にて相見《あいまみ》えん」

幸村は、馬の腹を蹴って、ただ一騎、茶臼山の坂を北にくだった。

山麓の一心寺境内にそって駆けると、安居天神のちいさな杜《もり》がある。

敵兵もここまでは来ていない。

幸村はころがるように馬を降り、社殿わきの松の根もとにはいつくばった。

全身は血と汗と土埃《つちぼこり》にまみれ、疲労で意識がもうろうとしている。

鹿角の前立てをうった兜《かぶと》が重い。

松の幹に背をあずけ、目を閉じた。

腹を切るつもりはなかった。

論理的で明晰《めいせき》な智将《ちしょう》真田左衛門佐《さえもんのすけ》幸村の頭脳は、死のその瞬間まで、家康の首級《しるし》をあげる戦略を思考しつづけるにちがいない。

ただ、いささか疲れていた。

暑い午後だ。

松の枝を吹きすぎる風がここちよい。

戦場の雄叫《おたけ》びや、兵を走らせる急《きゅう》の陣貝《かい》の不気味な共鳴音が、ひたひたとこの杜まで迫ってくる。

社殿正面の長い石段に、具足《ぐそく》の音がひびいた。

武者が駆けあがってくる。

石段のうえに、黒具足の徒武者《かちむしゃ》が立った。

槍を手にしている。

白地に矢の根の指物《さしもの》は、越前松平忠直の部隊だ。

武者と槍を合わせる体力は、尽きている。

幸村は、松の幹にもたれたまま、目を閉じた。

「首ならくれてやろう。五万石の手柄だ」

幸村の首には、しわい家康がそれだけの報償を約束した、と、噂がとどいている。

「西尾仁左衛門《にざえもん》久作、御首《みしるし》、ちょうだい」

武者は槍をかまえると、興奮状態で叫びながら幸村に突進してきた。

片釜槍《かたかまやり》の穂先が、まっすぐ幸村の鎧を貫き、心臓に刺さった。

鮮血が噴出する。

「卍×△◎◇……」

聞き覚えのある声で、武者がなにかしゃべった気がした。

真紅《しんく》の血しぶきが、武者の顔にはねかえった……。

意識が遠ざかり、漆黒の闇に沈んでいく………

沼の底から浮き上がる泡沫《うたかた》のように、幸村は目をさました。

あたりを見まわす。

関ヶ原の西軍加担の咎《とが》で、信州を追放されて以来、十四年間住みなれた紀州高野山麓九度山村《こうやさんろくくどやまむら》の屋敷のなかである。

縁先の庭に、信州以来の配下である忍《しの》びの才蔵《さいぞう》がいる。

〝あやかしの才蔵〟の通り名前で知られた男である。

「いかがでござりましたかな、それがしの術は？」

「術……と、申したか？」

「さよう。〝時越《ときご》えの術〟にござる」

その術の名を、以前、才蔵から聞いた気がする。

「さて……、わしはたったいま殺されたと思ったが……」

幸村はからだをまさぐってみたが、どこにも傷はない。

普段着の山吹《やまぶき》色の小袖《こそで》には、しわひとつない。

喉《のど》だけが、夢の余韻《よいん》のように渇《かわ》いている。

幸村は、座敷の脇息《きょうそく》にひじをついたまま、眠っていたらしい。

不思議な夢だった。幸村が大坂の城にはいって、徳川軍と戦う光景が、いちいち鮮明に浮かび上がる。これから先の半年を現実に生きて戦った実感があった――

開け放たれたままの障子のむこうの空に、弓なりの月がある。夢がほんのうたた寝のあいだだったことは、月の位置がさほど動いていないことで知れた。

「おもしろうござりましたか？」

小柄な才蔵が、黒い顔をくしゃくしゃにして笑っている。

この忍《しの》びは、年齢《とし》がわからない。

百歳だといわれれば、そんな気がする。

十五歳だといわれれば、そう見える。

変わり者が多い忍びのなかにあっても、あやかしの才蔵は、ひときわ奇態《きたい》な男である。

本人は、

「時を越《こ》える術を体得してござる」

と、静かにいう。

時を自在に越えるなどという神ごとが本当にできるものかどうか。

幸村には、幻術の類だとしかおもえない。

つい先ほど、才蔵は、

「このままの世では、大坂方の敗北は必定《ひつじょう》。未来をお見せいたしましょうず」

と、低くつぶやいて、幸村に術をかけた。

それから幸村は、長い長い夢を見た。風の匂《にお》いも、傷の痛みも、現実そのままに、すべて鮮明に記憶している。

大坂が負ける夢だった——

「初めて見せてもろうたぞ、おぬしのあやかしの術。なかなかおもしろい夢であった」

「夢と仰《おお》せあるか……」

「ではないのか？」

「されば、幻術ではござらぬ。時越《ときご》えの術にて候。いちどお亡《な》くなりあそばした左衛門佐様のお命、いまいちど、この世に甦《よみがえ》らせてさしあげた」

幸村は、越前兵に突かれたはずの心臓のあたりをもういちどさぐってみた。なんの傷もない。

夢のなかでは、うめき声がもれるほどに痛んだ全身の手傷もない。

座敷を見まわした。

「甦ったというたところで、ここが極楽《ごくらく》でも地獄《じごく》でもあるまい。いつもの九《く》度山《どやま》の屋敷ではないか」

「さよう。ただひととところをのぞいては、前の世となんら変わりもうさぬ」

「ただひとところ？」

才蔵は大きくうなずいた。

「なにがちがうというのだ？」

「そのこと、おっつけ佐助が駆け込んでまいりましょう」

忍びの佐助は、ここ紀州九度山村から大坂城につかいに出ている。

幸村は明日、配流地《はいるち》であるこの村を脱出して、大坂城に入城する計画であった。

佐助は、その手はずをととのえに走っているのだ。

「ほれ、もう紀ノ川からこちらに駆け上がってござる。あやつ、慌《あわ》ておって、走ること走ること」

忍者の聴覚は、よほど常人とちがうらしい。むろん、幸村には聞こえるはずもない。

幸村は月を見上げた。

病《や》み女のように細くなよやかな三日月だ。

明日は、法事にことよせて、近在の住人が百人以上も招いてある。庭にはそのための仮小屋が建ててある。

酒を飲ませ、紀州浅野《きしゅうあさの》家から〝幸村監視〟を命じられている村人らを酔いつぶし、夜の闇にまぎれ、百数十人の家人郎党《けにんろうとう》ともども大坂の城をめざす。

その手はずは、すべてととのっている。

種子島銃《たねがしまじゅう》も十挺用意した。

音もなく、庭に人影がすべりこんできた。

高野聖《こうやひじり》に扮した忍びの佐助が、才蔵のとなりに片膝《かたひざ》をつく。ずっと駆けつづけだったろうに、呼吸が乱れていないのは、特殊な体術を会得《えとく》しているからに相違ない。

「淀殿が亡くなられました」

幸村は、さすがに身をのりだした。

「なに、お袋さまが亡くなったとは、まことか？」

「御意《ぎょい》。昼すぎ、疲れた、と仰せられて、そのまま息を引きとられたげにござる。医師の曲直瀬道三《まなせどうさん》も死因に首をひねっております。徳川の間諜《かんちょう》のしわざじゃ、と、大坂城中は大騒動にて候」

「秀頼公から、幸村ばかりが恃《たの》みじゃ、と格別のお言葉をたまわりました」

物に動じないさすがの幸村も、淀殿の突然の死には、驚かざるをえない。

幸村は才蔵をにらんだ。

「おぬし、まさか……」

才蔵は、不気味に笑って首をふる。

「これが、またの世だというのか？」

才蔵はさもおかしそうに大きく笑った。

「夢が現《うつつ》か、現が夢か。人の世は、まことに邯鄲《かんたん》の夢にて候。いずれが夢にても、徳川との戦《いくさ》は避けられませぬ」

幸村は、精悍《せいかん》な瞳でうなずいた。

真田幸村の脳細胞は、すでに淀殿急死の影響を計算し、いかにして家康の首をはねるか、緻密《ちみつ》な武略をめぐらせはじめた。

ときに慶長十九年（一六一四）十月。

幸村本人は、ひとたび本当に死んだ自分が、あやかしの才蔵の時越《ときご》えの術によって、もうひとつまるでべつの世界に、蘇生《そせい》させられたことを知るよしもない。

第一話　大坂城中の妖雲《よううん》

一

慶長十九年（一六一四）十月。

淀殿が亡くなられた——

お袋さま淀殿の突然の死は、紫色の毒霧《どくぎり》のごとく陰鬱《いんうつ》に大坂城を包み込んだ。壮麗な金襴《きんらん》の装飾を誇る天下の巨城に、しなびた大根のしっぽほどの活気すらない。

本丸奥御殿の女官《にょかん》たちは、白無垢《しろむく》の喪服をまとい、羅刹《らせつ》にひかれる死人さながら虚ろな顔で、なす術《すべ》をしらなかった。

広大な城内には、諸方から十二万人を越える浪人が参集している。女官から水仕女《みずしめ》まで、女も一万人いる。そのだれもが、ひとりの母親の死を、豊臣家崩壊の凶兆《きょうちょう》だととらえた。

「もはやこの城は終わりやろ」

「ゆうべ、ご天守の屋根から紫に光る龍が飛び去るのを見たわ。ありゃ、守り神さまが逃げ出したんやで」

「逃げるならいまのうちや」

暗鬱《あんうつ》な影のさした天守閣を見上げ、城内のあちこちの隅《すみ》で男も女もそんな口をたたいた。

弱冠二十二歳の右大臣秀頼《うだいじんひでより》本人の悲嘆はもとよりだが、実質的な家老《かろう》格の大野治長《おおのはるなが》さえ、人ではないように憔悴《しょうすい》している。

お袋さまの死は、城から逃げ出した者どもによって、大坂の町に水が流れるように広まった。

「戦《いくさ》じゃ、徳川の大軍が攻《せ》めてくるぞ」

「敵は五十万の軍勢というぞ」

「もう近江《おうみ》まで来ているらしい」

大坂と江戸の手切れは、子どもでも知っている。

天下の主は、すでに徳川家康。

関ヶ原合戦の西軍敗北から十四年。

いまの豊臣家は、太閤秀吉の時代とちがい、摂《せっ》津《つ》・河内《かわち》・和泉《いずみ》三国六十五万七千四百石の大名にすぎない。

関ヶ原合戦の勝利で、それまでの二百五十万石から六百万石に直轄地を膨張させた徳川家とでは勝負にならない。


ここにもうひとり、お袋さまの死を嘆いている老人がいる。

あるいは、日本のなかでもっとも淀殿の死を嘆いているのはこの老人かもしれない。

お袋さま淀殿の死は、京都所司代板倉勝重《しょしだいいたくらかつしげ》から の継飛脚《つぎびきゃく》で、駿府《すんぷ》の徳川家康に届いた。

「浅井《あざい》の娘（淀殿）が死んだか……」

老人家康は、七十三歳。

風邪でふせっていたのだが、起きあがって手紙を読み、苦い毒でも飲まされたように、脂肪のたるんだ顔を醜くゆがめた。

家康にとって、故太閤秀吉の側室淀《よど》の方《かた》は、はなはだあつかいやすい敵だった。驕慢《きょうまん》でヒステリックな彼女が実権をにぎっている大坂城ならば、小指をうごかすほどの造作もなく攻め落とせる。

すでに家康は、

「大坂に謀反《むほん》の野心あり」

として、この十月一日に大坂討伐《とうばつ》の軍令を発していた。

近江《おうみ》、伊勢《いせ》、美濃《みの》、尾張《おわり》などの諸大名には、さっそくにも出陣するよう指示してある。

「死んだか……」

むだの嫌いな家康にしては、めずらしく同じことばを二度くりかえした。

そばにひかえていた側近本多佐渡守正信《ほんださどのかみまさのぶ》が、口の端を不機嫌にゆがめた。伝説多いこの謀臣《ぼうしん》もすでに老境。

「あのお袋がおればこそ……」

やすやすと豊臣家を攻め滅ぼせるはずだった。

女ならば、和議をもちかけるとみせて、詐術にはめる手もある。

しかし――

あの女が死んだとなれば、話は別だ。

家康にとって、豊臣家殲滅《せんめつ》は、徳川政権を磐石《ばんじゃく》のものとするための最後の総仕上げである。

（自分が生きているあいだに、なんとしても豊臣の家系をこの世から抹消したい）

老人は、その執念にとらわれている。

画竜《がりょう》に点睛《てんせい》が描《か》きこめるかどうかは、豊臣軍の指揮官がだれになるかにかかっているといってよい。

「秀頼ならば、わしが馬乗りになって首をはねてくれるわ」

家康はガバッと立ち上がると、刀掛《かたな》けの愛刀をつかんで鞘《さや》をはらい、血走った目を刀身にすえた。この老人の闘争心はいささかもおとろえていないのである。

「修理《しゅり》（大野治長）などに戦はできぬ」

大坂城の家老役をつとめている大野修理治長は、軍団の総帥《そうすい》としての力量をもちあわせていない。おそらく、本人もそれを自覚しているだろう。

豊臣家譜代《ふだい》の直参衆《じきさんしゅう》には、なお速水守久《はやみもりひさ》、木村重成《しげなり》などがいるが家康の敵ではない。

問題なのは、このところ続々と入城している浪人の諸将。

「後藤又兵衛基次《もとつぐ》、長宗我部盛親《ちょうそかべもりちか》、毛利勝永《もうりかつなが》、明石全登《あかしたけのり》……」

本多正信は皺の多いまぶたを閉じて、大坂城に入城したそうな武将の名をあげた。

家康は、いちいちうなずきながら、それらの男を相手に勝てるかどうかの一点を思考している。いまの連中なら、勝てる。

「それに、真田……」

と、本多正信が口にした瞬間、家康は顔面に朱を染めた。剃《そ》り上げた月代《さかやき》に、あぶら汗をうかべ、小刻みに震《ふる》えだした。

風邪の悪寒《おかん》ではなかった。

「さ、真田は、親か、子か……」

家康の声がふるえている。

真田昌幸《まさゆき》、幸村《ゆきむら》の親子に対して、家康は潜在的な恐怖心をいだいていた。

天正十三年（一五八五）の上田《うえだ》合戦、慶長五年（一六〇〇）の関ヶ原合戦と、二度にわたり、信州上田城にたてこもった真田親子は、徳川軍をさんざんに打ち破り、屈辱をなめさせた。

過去数え切れぬほどの出陣経験をもつ家康の軍勢が敗北を喫したのは、甲州の武田と信州の真田だけだ。

あの上杉謙信でさえ、

「われ弓箭《ゆみや》を執《と》りて真田ごときに劣るべしとは思

わねど、知謀《ちぼう》は七日の後れあり」

と、畏怖《いふ》したほど、真田家の知略のすさまじさは世に名高い。

信州の土豪的な小大名にすぎなかったが、小なればこそ、智恵をふりしぼって戦うエネルギーが強い。

「親の安房守《あわのかみ》昌幸は鬼籍《きせき》にて候《そうろう》」

幸村の父は、三年前に配流地の九度山村で病死している。

「子の幸村か……」

「御意《ぎょい》」

家康の背筋に、ゾッとするいやな冷たさが流れた。

「倅《せがれ》ならば……」

低い声でつぶやいたのは、虚空《こくう》に足をすくわれてしまう不安をぬぐい去りたいからだった。

二

十月四日。

幸村と家人郎党《けにんろうとう》百三十人は、かねてからの計略通り、村人を酔いつぶし、夜半、九度山村を脱出した。

翌未明、幸村監視を徳川家に命じられている紀州浅野家の手勢が一行を追ったが、そんなものに捕まる真田の侍ではない。

女子どもは、高野山麓の橋本村にとどめた。

「かならずお勝ちくださいませ。決して諦めなさいませぬよう」

幸村の妻は、豊臣家の名将大谷刑部《ぎょうぶ》吉継《よしつぐ》の娘である。武将の妻らしく毅然《きぜん》と出陣を見送った。

木の目峠（現紀見峠）を越えた幸村一行が大坂城に入城したのは、十月六日。

城内で、まず、大野修理治長に対面した。

『徳川実紀』など、いくつかの古記録によれば、この日、幸村はただひとり、山伏《やまぶし》の装束で二ノ丸の大野屋敷にあらわれたことになっている。紀州大峰山《おおみねさん》の山伏伝心月叟《でんしんげっそう》が、祈禱の巻物を届けに来たとのふれこみだ。

あいにく、修理は登城していて不在。幸村は、番小屋で帰りを待った。

番小屋のなかで刀の目利《めき》き自慢をしていた若侍たちのひとりが、幸村の腰のものに目をつけた。

山伏にしては、つくりが立派すぎる。

「たいそうな業物《わざもの》をお持ちのようじゃ。御坊《ごぼう》、目の保養におがませてはもらえまいか」

「いや、山伏の刀などは、犬威《おど》し用なれば、ご覧いただくようなものではござらぬ」

そう断ったが、若い侍はしつこかった。

この時代、他人の刀を見せてもらいたいなどという注文は、いたって無礼である。

幸村は不快な顔もせず、

「そこまでご所望ならば」

と、刀と脇差《わきざし》をさしだした。

すらりと鞘《さや》をぬき払うと、それまで声高に目利き自慢をしていた番小屋の雰囲気が一変した。刀身が発散している凛々《りんりん》とした気迫に、その場のだれもが息をのんだ。

「秋霜《しゅうそう》の光りあたかもかがやくばかりなりしゆえ」

と、古記にある。

「この刀はいったい」

若侍が中子《なかご》の銘を調べると、刀は正宗《まさむね》、脇差は貞宗《さだむね》。大名でなければ持てない伝説の名品であった。番小屋の侍たちは、大いにおどろいて、山伏に対する態度をあらためたという。

のちに、幸村は、その若侍たちを見かけると、

「どうじゃ、刀剣の鑑定は上達したか」

と、たわむれの言葉をかけた。

若侍たちは、顔を赤らめずにはいられない。

幸村には、そんな気さくさがある。

「信繁《のぶしげ》殿、よくぞ、よくぞご入城くださった」

書院で対面した大野修理は、幸村の手をとらんばかりによろこんだ。

幸村の大坂招聘《しょうへい》は、すべてこの大野修理の手配であった。紀州九度山村に、なんども使者をよこしたのは修理である。

「拙者、名前を改めもうした」

真田源二郎信繁《げんじろうのぶしげ》は、大坂入城にあたって、名前を幸村とあらためた。当時の記録文書には「幸村」の記載は見あたらない。

「さようか。幸村殿、さっそくで恐縮だが、まずは正装に召し替えられよ。いまから……」

秀頼公拝謁のための装束は、郎党に持たせて大野屋敷のそばに待機させている。

「さっそくお目通りがかないまするか」

幸村のことばに、大野修理は顔をくもらせた。

「いや、右府《うふ》殿（秀頼）ではござらぬ。千畳敷御殿に礼拝所が設けてあるゆえ、淀殿の霊前にまいっていただきたいのだが……」

（これはいかん）

と、幸村は唇を噛んだ。

「修理殿」

幸村は、修理の顔をまじまじと見つめた。

「弔《とむら》わねばならぬのは、どうやら、この城のようでござるな」

「なにを言いやる」

修理は、さすがに顔色をかえた。

「いやいや、もうこの城の葬儀をかんがえたほうがよさそうじゃ。今日明日にも徳川が出陣しようという危急存亡《ききゅうそんぼう》の秋《とき》でござるぞ。たとえ秀頼公のご生母とはいえ、弔いにかまけるなど、戦陣にあるまじきならい。すでにこの城は死んだといってよろしかろう」

「ご不満か」

「不満も不満、おおいに不満でござる。きけば、本日は後藤又兵衛殿、長宗我部盛親殿もご入城というではないか。さっそくにも御前で軍議を開かれるのが最善と存ずる。淀殿の葬儀などは、徳川を打ち破ってから、存分になされればよろしかろう」

そこまで言われて、大野修理は、やりきれなさそうに顔をゆがめた。

「じつは、わしもそう思う。ただ……」

「ただ……？」

「有楽《うらく》殿が、葬儀にひどくご執着での」

織田有楽斎《おだうらくさい》は、通称源五《げんご》。

本名を長益《ながます》といい、信長の実の弟である。

この男、信長が本能寺で斃《たお》れたとき、二条城にいた。

二条城が明智《あけち》軍に包囲され、織田勢の敗色が濃くなると、同宿していた信長の嫡男信忠《のぶただ》に自刃《じじん》をすすめ、

「わしも自害する。芝を積み上げて火を放て」

と言ったまではよかったが、いつのまにか城を

抜け出し、近江の安土に逐電《ちくでん》してしまった。

武士と呼べる男ではない。

その後、秀吉にお伽衆《とぎしゅう》（話し相手）として仕え、微禄《びろく》に甘んじていたが、関ヶ原合戦では、徳川方としてはたらき、大和に三万石の領地を得た。自身は京都に屋敷をかまえ、茶の湯数寄三昧《すきざんまい》の暮らし。

その茶人が、なぜか大坂城にいる。

「あの男は……」

と、言いかけて、幸村は口をつぐんだ。

（織田有楽は、徳川の間諜《かんちょう》である）

という情報は、すでに忍びの佐助が、つぶさに調べあげていた。

そもそも、徳川方だった有楽が大坂城に入ったのも、家康の要請をうけてのことだ。

この時期に有楽が淀殿の葬儀に固執するとすれば、それは、大坂方の陣備《じんぞな》えを遅滞させる目的以外には考えられない。

三

「いかんな、このままでは軍議もひらけぬ」

割り当てられた三ノ丸の宿所にもどると、幸村は主だった家臣を集めた。広い屋敷をあてがってくれたのは、大野修理がそれだけ幸村に期待しているからだろう。

信州以来の家人は、海野六郎《うんのろくろう》、穴山小助《あなやまこすけ》、根津《ねづ》甚八《じんぱち》。

九度山村で生まれた息子の真田大助《だいすけ》は、先日元服《げんぷく》したばかりの十五歳だが、すでに一人前の侍の顔をしたがっている。

末席に、忍びの佐助と才蔵がふつうの木綿小袖でひかえている。

話の内容から、自然みなの声が小さくなる。

「やはり、有楽斎が元凶《げんきょう》でございますか」

侍大将の海野六郎がたずねた。代々真田家の家臣で、冷静沈着ながら剛胆な武将だ。

「有楽にはよい評判がござらぬ」

「ならばひと思いに」

勇み立ったのは、根津甚八だ。この男は、気の早いのが欠点だが、見方をかえれば即断即決の士だともいえる。鉄砲は名人芸。

「それは最後の手段でございましょう。有楽ごとき、お申し付けあれば、半刻《はんとき》のうちに始末いたします」

と、佐助。

「ただ殺すのはおもしろうない。あの男には、なにか使い道があるはず」

思慮深く首をひねった穴山小助は、天目山《てんもくざん》で滅んだ武田家の遺臣《いしん》の血筋である。やはり信玄公につかえていた真田家に、縁あって仕えた。

「そのことよ、わしがさきほどから考えておるのは」

わが意を得たりと、幸村が顔をほころばせた。軍略を思考するときの幸村は、水を得た魚のように顔がかがやき瞳が光る。

「有楽殿、徳川内通の噂を流しましょうか?」

佐助が提案する。

「下策《げさく》じゃな。それが成功しても、せいぜい有楽を追放できるだけのこと」

武田流の軍学を全身に染《し》みこませた穴山小助は、思慮が深いばかりでなく、敵の奸智《かんち》を読むするどさがある。また、配下の者どものこころを掌握するのに、小助ほどたけた武将もすくない。

「クックックッ」

やもりが鳴くような奇態な笑い声が、末座から湧いた。才蔵が、背をかがめておかしみをこらえているのだ。この男はいつもこんな風だから、だれも変に思わない。

「よい策がうかんだか」

幸村がたずねた。

「いかにも。有楽を生かして使う手がありもうす」

才蔵の低い声に、その場の全員が吸い込まれるようにして聞き入った。


織田有楽斎は、秀頼とともに大坂城本丸天守閣にいた。

秀吉が黄金をばらまいて集めた南蛮の宝物珍器がところせましとならんでいる。ここでの茶は、また格別。

南蛮渡来の伽羅《きゃら》の香りが桃源郷をおもわせる。

有楽斎が、しずかに黒茶碗をさしだした。堺の茶人千利休の高弟〝七哲〟のひとりに数えられるくらいで、茶にはいたってうるさい。

秀頼が茶を一服喫《きっ》するのを横目で見てから、有楽が口を開いた。

「やはり、お城ご退去以外に、道はありますまい」

徳川家康は、この夏以来、京都東山方広寺《ほうこうじ》の鐘銘を口実にして豊臣家を糾弾している。

国家安康
君臣豊楽

と、方広寺の梵鐘《ぼんしょう》に刻まれているのが、家康を分断する呪詛《じゅそ》だというのだ。

むろん、それは、豊臣家殲滅《せんめつ》作戦開始のいいがかりにすぎない。

釈明の使者として駿府にはしった豊臣家家老片《かた》桐且元《ぎりかつもと》は、〝和平三策〟を持ち帰った。

一、大坂を退去し、国替えに応じる。
一、秀頼が江戸へ定期的に参勤する。
一、淀殿が人質として江戸へ下向する。

いずれかを選択せねば、豊臣家を取りつぶすというのである。

しかも、家康は、且元を強硬にたたく一方、もう一人の大坂からの使者大蔵卿局《おおくらきょうのつぼね》（大野治長の母）には、

「さしたることもない。いずれ時が解決するであろうと、お袋さまに伝えてくだされ」

と、いたって温和に接した。

情報操作と人心収攬《しゅうらん》にたけた家康ならではの工作である。

淀殿は、片桐且元の持ち帰った条件に激怒した。

且元は、裏切り者の烙印をおされ、大坂城内で命を狙われる身となった。

そのため十月一日、三千の手兵をつれて大坂城を去った。

じつは、それこそ家康の詐術の目的だったのだが、淀殿が気づくわけもない。

淀殿の死によって、三つ目の案け、消えた。

残る選択は、大坂城退去か、江戸参勤か。

「退去……。有楽はそう思うか」

小柄で猿と呼ばれた父に似ず、秀頼は長身白皙《はくせき》の貴公子である。

身長が、六尺（一八〇㎝）以上ある。

筋肉質のがっしりした体型だ。

凡庸《ぼんよう》な人物ではない。

ただ、この城内だけを天地として、女官たちにかしずかれて育った秀頼が、世情や人心にうといのは、いかんともしがたい。

「家康にとって、いまの豊臣家など、獅子《しし》が鼠をもてあそぶようなものでござる。とてものこと、合戦などは……。ここはひとつ、おとなしくご退去なさるのがよろしゅうございましょう」

「だが、それでは……」

武家の面目が立たぬのではないかと秀頼は考えている。

「いいえ、かりに江戸へ参勤ということになれば、かつての家臣に膝を屈することになり、太閤家の面目は地に墜《お》ちます。ご退去のほうがよろしいでしょう」

「せっかくこの城があるというのに」

いま、彼らがいる八層の天守閣は、故太閤秀吉が心血をそそいだ金城湯池《きんじょうとうち》の中心にある。

大坂城は、三ノ丸の惣構《そうがま》え（防御施設）がぐるりと二里（八㎞）もある大城郭。

石垣は高く、掘は深く、敵兵を寄せつけない。

かつてここに石山本願寺《いしやまほんがんじ》があったときには、織田信長が十年以上攻撃をつづけてさえ陥落しなかった要害の地だ。

それを太閤秀吉が難攻不落の要塞《ようさい》として縄張りし、築城しなおした。

「この城に籠《こ》もるかぎり、徳川などは恐るるに足らぬと思うが」

秀頼のことばに、有楽は優雅な微笑をうかべた。

「城は大きければよいというものではござらぬ。

よき将があり、よき兵がいてこそ戦える。しかるに、いまこの城に満ちておるのは、牢人《ろうにん》ばかりではござらぬか。あのような者ども、いつなんどき寝返《ねがえ》って、右府様（秀頼）に刃《やいば》を向けるやもしれませぬ。城はいつも内より崩れるもの」

有楽は自分が徳川に内通していることなど知らぬ顔で、茶人のくせに歴戦の勇将のような口をきいた。

「しかし……」

秀頼の眉がうごいた。

そのとき、大野修理が足早に階段を駆けあがってきた。顔がひきつり、息が切れている。

「本日着到の真田幸村、後藤基次、長宗我部盛親の三名が……」

「いかがいたした」

「むっ、謀反にてございます」

「まさか」

秀頼はものに怖じない。

有楽はといえば、意味不明の奇声を発して廻縁《まわりえん》に飛び出し、欄干《らんかん》にしがみついた。

眼下の本丸、二ノ丸に、完全武装の兵がびっしりひしめいている。十二万の城兵すべてが謀反したほどの数だ。

槍先は、天守にむけられている。

静かに茶を楽しんでいたのに気づかなかったのは、謀反の軍勢がよほど慎重にことを運んだからだろう。

「七手組《ななてぐみ》はなにをしておったッ」

有楽斎が金切り声をあげた。七手組は、秀頼の親衛隊で、一万の兵力がある。

「されば、速水、青木の組頭連まで、謀反に加担のもよう」

そのとき、天守の階段下から、朗々《ろうろう》と声がひびいた。

なにやら、謡《うたい》のようである。

人間五十年
化天《けてん》のうちをくらぶれば
夢幻《ゆめまぼろし》のごとくなり
ひとたび生を受け
滅《めっ》せぬ者のあるべきか

かつて、織田信長が好んでみずから舞った幸若《こうわか》舞《まい》。

「敦盛《あつもり》ではないか」

秀頼は、声に聞きほれた。

やがてしずしずとあらわれたのは、面をつけた三人の男。

小柄な男は十六童子《じゅうろくどうじ》の面。

骨太の男は天狗《てんぐ》の面。

長身の男は翁《おきな》の面。

おごそかに舞うがごとく、秀頼の御前《ごぜん》にひれ伏した。

見れば、それぞれが手に三方《さんぽう》をもち、脇差をのせている。

「謀反にてござれば」

「お腹をお召しくださいますよう」

「ささ、有楽さまもいますぐに」

顔色を変えた有楽斎は、及び腰ながら大声をだした。

「無礼であろうッ！　その方らは、なに者じゃッ」

三人の男が面をはずすと、いずれも不屈な武者顔ばかり。

「拙者、真田左衛門佐《さえもんのすけ》幸村にてございます」

「後藤又兵衛基次にて候」

「長宗我部宮内少輔《くないしょうゆう》盛親にて候」

「ただいま謀反をおこしましたゆえ、上様におかれましては、いさぎよく、ご自害あそばしますよう」

幸村の顔には、微笑がただよっている。

「おもしろきさむらいたちよ」

秀頼が立ち上がった。

「どれ、わしも謀反の軍勢が見てみたい」

廻縁から外を見下ろした秀頼は、振り返ると有楽斎にたずねた。

「どこに軍勢がおるというのか」

天守閣の天井裏で、じっと気配を殺していた忍びの才蔵と佐助は、秀頼のことばに、おもわず顔を見合わせた。


（秀頼公には、あやかしの術が通じぬではないか）

声には出さず、口の動きだけで佐助がいう。

才蔵にしても、秘伝の幻覚剤がきかなかったのは、秀頼がはじめてだ。先ほどから、たっぷりと香に混ぜて焚きこめておいたというのに。

（よほど鈍《にぶ》いのか、よほど聡《さと》いのか、いずれにしても常人ではない）

才蔵の眉がそう語っている。

「上様は、お見えになりませぬか？」

幸村は、才蔵の術がきかなかったことをすぐに悟った。

「うぬらは、いったい……」

有楽の足がふらついている。薬が効きすぎたのかもしれない。

「まま、有楽殿、お座りくだされ。修理殿も、ご安心めされよ。謀反ではござらぬ」

廻縁に立った修理は、首をふるばかり。

「あの軍勢が……」

「世には、そういうあやかしの術をつかう忍びもおると聞く。わしは、術にかかるおぬしらがうらやましい」

秀頼の精神は、氷のように醒《さ》めていた。

(このお方、あるいは、大器の持ち主か)

幸村は初めて見る秀頼の顔を、礼法にかなわぬことは百も承知で、しげしげと見つめた。

四

幸村は、平伏して秀頼に非礼を詫《わ》びた。

「謀反はご賢察のとおり、忍びのあやかしにすぎませぬ。しかし、家康が大坂攻撃の軍令を発した以上、敵兵がこの城を囲むのは間近《まぢ》かと存じまする。なにとぞ、すぐにでも軍議をひらいていただきたく、かような真似におよびました次第」

剃髪《ていはつ》した入道頭を真っ赤に染めて有楽が怒った。

「そのようなこと、客将であるその方らが口出しすることではない。用があればこちらから呼ぶッ」

「有楽殿」

後藤又兵衛基次が、低い声をだした。

この男の武勇は、侍ならば知らぬ者はない。

もとは九州筑前《ちくぜん》五十二万石黒田長政《ながまさ》の家臣だが、自身も大隈《おおすみ》一万六千石をはみ、将としての名声は主君の長政をしのぐ。

ゆえあって黒田家を去ったが、どこの大名でも、三万石、五万石といった高禄で抱えたがった。

その男が、頬《ほほ》と額《ひたい》に大きな刀傷のある顔でじっと有楽斎をにらんでいる。

「なっ、なんだッ」

有楽は、つい金切り声をあげてしまう。

「この城には、あやしい者が大勢おりまするな」

「どういう意味だ」

聴きとがめたのは、大野修理だった。

「徳川の間諜の巣でござるよ、この城は」

「まことであるか」

秀頼が無心にたずねる。

「かように申すわれら三人とて、あるいは徳川に通じておるかもしれませぬ。わが兄真田信幸《のぶゆき》は、徳川方なれば、拙者の内通など、いともたやすきこと」

「それがしも、京におりましたおりに、所司代板倉勝重殿をなんども訪ねておりますれば」

と、後藤又兵衛。

「みどもとて、土佐一国の約定《やくじょう》があれば、すぐさま徳川に加担いたす……やもしれませぬ」

と、長宗我部盛親。

もと土佐二十二万石の太守《たいしゅ》だったこの男は、関ヶ原敗戦で所領を没収されて以来、京の相国寺《そうこくじ》門前で手習いの師匠をしていた。

朝、ただひとり家を出た盛親だが、二条で二、三百騎、伏見にいたるころには、千騎もの武者がしたがっていたという。

大坂城に入るときは、五千人が整然と隊列をなしていた。

真田、後藤、長宗我部の入城に、沈みがちだった城内が沸《わ》き上がったのは、いうまでもない。

「この城は、まちがいなく破れまする。それも、内より崩れましょう」

「どうすればよい」

秀頼は淡々としている。器が大きいのか、鈍感なのか、幸村にはまだ判断がつかない。

「さすれば、やはりお城ご退去がよろしかろうと存じます」

幸村が意外なことをいった。

「しかし、それでは……」

さきほど有楽斎にいいかけたことを、秀頼はいおうとした。

「武門の面目でござるか？」

幸村の問いに、秀頼はそうだ、と、こたえた。

「そのようなもの、もはやなんの意味もござらぬ。すでに世は徳川のものでござる。敵は六百万石。いやいや、いまとなっては、日本国千八百万石すべての大名が徳川の味方だといってよろしい。百万の軍勢が押し寄せてまいります。それを敵にまわすなど、無謀も無謀、武略も知略もあったものではござらぬ。」

「よッ、よくぞそんな口がきけるものじゃ。金二百枚、銀三十貫をだまって懐にねじこみ、そのあげくが、大坂退去の勧めかッ」

大野修理が声をあらげた。幸村には、それだけの支度金がわたしてあった。現在の貨幣価値にすれば、金だけでも五千万円。

「しかし、勝てぬ戦を戦うほど阿呆なことはない。この三人とても関ヶ原以来、合戦から離れておりますので、戦の仕儀など、忘れてしまいもうした」

「うぬらはッ！」

修理が仁王のごとく立ち上がった。

「おそろしや」

幸村は、公家めいた仕草で扇をひらくと、顔をおおった。

「待たれよ、修理殿」

制したのは、織田有楽斎。

「この者たちのいいよう、あながち間違ってもおらぬ」

話題が思わぬ方向にころがってきたので、有楽斎は思案顔だ。

「ご退去ときまれば、わたしが家康殿にとりなして、できるだけよい国に替えてもらうように頼んでみよう。そのほうらは、条件として、なにか存念があるかな」

入城している大勢の牢人たちが、

(このまま豊臣家に召し抱えよ)

と要求したりすれば、おおいにやっかいだ。

「それはもう、この城を立ち退き、秀頼公には僻《へき》地《ち》なりとも、小一国をたまわれば、望外でございましょう。われら牢人《ろうにん》ども、いずこかに散って、百姓などつかまつります」

秀頼は立ち上がると、窓辺から南の野を眺めた。秋晴れの大坂平野は、戦《いくさ》が迫っているとはおもえぬのどかさだ。

「わしは、この城が好きだ」

頬に涙が光った。

「生きるのも、死ぬのも父君のつくられたこの城とともにありたい」

しばらくの沈黙ののち、口を開いたのは、織田有楽斎。

「もはや潮時でございましょう。お気持ちは痛いほどお察しもうすが、これもまた時の流れでござる。人間、時勢にはさからえませぬ」

「さよう、さよう」

幸村が大きくうなずくと、大野修理も涙をこぼし、嗚咽《おえつ》をもらした。

「せんなかるまいか」

秀頼が、遠くの野を眺めながらつぶやいた。

織田有楽斎が、使者として京の所司代にむかったのは、その翌朝である。

五

有楽が立った朝、大坂城天守閣最上階に、秀頼、幸村、大野修理の三人がいた。

秀頼にむかって幸村がいった。

「もとより勝ち目のうすい戦でござれば、詐術も武略のうちでござる」

「しかし幸村殿。たばかったとなれば、家康はますます手をゆるめますまい。右府様（秀頼）のお名前にも傷がつく」

大野修理は、自分まであやかしの術にかけられたのが不服で、幸村にくってかかった。

「修理殿」

「な、なんじゃ」

幸村の真剣なまなざしに、修理が驚いた。

「家康のこころを、なんととらえておられる？」

「なんと、ともうされても……」

「まことに、大坂の城を退去するだけですむとお思いか。城を立ち退いたならば立ち退いたで、いずれ禍根《かこん》を残さぬように、家康が秀頼公のお命をなきものにするのは必定。もはや、どんな手をつかっても、戦う以外に道はござらぬ」

「さもあろう」

秀頼がうなずく。

「幸村。この右府《うふ》、城のなかだけで育ったゆえに、人の世の動きにうといところがある。しかし、このたび入城したそのほうら武将連を見ておると、いささか血がさわぐ。さっそくにも軍議をひらいて、合戦の策を練《ね》らねばならぬの」

秀頼のことばに、大野修理は口をゆがめた。

「その前に」

と、幸村が声をひそめる。

「この城には、まだ妖《あや》しき雲がかかっておりますゆえ、まずはそれを払うところからはじめなければなりませぬ」

「内通者は、有楽だけではないともうすか」

「いかにも」

「だれじゃ」

「されば、千姫《せんひめ》さま」

秀頼の妻千姫は、現将軍秀忠《ひでただ》の娘。家康の孫である。

豊臣家に輿入《こしい》れするにあたって、百人を越える武将や女官をつれてきた。

いざ徳川との合戦となれば、彼らに、

(内通するな)

というほうが無理だ。

「これ、いうにことかいて、奥方さまのことを口にするとは、無礼にもほどがある」

修理が目尻をつりあげた。

「よい。幸村の言、まことであろう。内通者がおっては、勝てる戦も勝てぬのが道理」

「姫君を追い出すとおおせあるか」

「いや、千姫はいとおしい。わしのことを慕ってくれてもおる。この城と生死をともにするという姫のことばに、いつわりはあるまい。徳川からつかわされてきた者たちを退去させれば、それですむ。今日にでもさっそく申しつけよう」

淀殿の庇護《ひご》のもとで、優柔不断《ゆうじゅうふだん》としか見えなかった秀頼が、こんなにはっきりものをいうとは……。

修理は目がさめる思いだ。

「これで、戦えるか」

「いえ、まだ戦えませぬ。さらに七手組をご解散めされよ」

幸村は、すらりといい放つ。

これには大野修理が逆上した。

「ええい、いわせておけば好き放題なことをッ！」

修理が激怒するのも無理はない。親衛隊の七手組を解散してしまえば、秀頼はまる裸になる。

「まて、修理」

秀頼の眼が光る。

「幸村、その理由《わけ》をきこう」

「されば、七手組組頭の青木一重《あおきかずしげ》は、徳川の家臣でござる」

事実であった。

青木一重は、もともと家康の家臣であったのを、天下をとった秀吉が無理に豊臣家に移籍させたのだ。家康によい家来が多いのをうらやんでのことだった。

修理も、じつは青木は危ないと感じていたから、つぎのことばが見つからない。他の六人の組頭にも徳川内通の色が濃い。

「それで、この城が守れるか」

秀頼が幸村の目をじっと見つめた。

幸村は首をかしげる。

「守るのは、難しゅうございましょう」

「なにを無責任なッ」

修理がいらだつ。

「合戦というもの、守ろう、生きようとすれば、もろさが生じまする」

「そういうものかもしれぬ」

「ねらいを一点にしぼるのが肝要《かんよう》と存ずる」

「ふむ」

秀頼が腕をくんで、遠くを見た。

「家康の首級か」

「御意」

「とらねば、家康がわしの首をとることになる……」

「まさに、おおせのとおり」

秀頼の眉間《みけん》に深い皺《しわ》がきざまれた。

「あいわかった。幸村の献策、すべてこの秀頼の下知とするぞ」

大野修理は、いつのまにかたくましさをそなえた秀頼の顔を見て、おもわず手をついて拝伏していた。

第二話
十勇士血戦の契《ちぎり》

一

大坂城本丸表御殿で、数十人の将を集めた軍議がひらかれている。

——籠城《ろうじょう》か。

——出撃か。

議論はまっぷたつに分かれた。

「やはり籠城が最善の策でござろう」

軍議の冒頭、籠城策を主張したのは、慎重派の大野修理。

「故太閤殿下のこの城があれば、十年、二十年の籠城が可能でござる。高齢の家康は、まもなく天寿。それまでもちこたえれば、天下はやがて豊臣家の手にかえってまいります」

すでに米二十万石を買い付け、城内の蔵にたくわえてあるという。なにがなんでも籠城の説だ。

新しく入城した牢人諸将には、出撃論者が多い。

真田幸村がまえに進み出た。

「籠城は最後の策。まずは、出撃して緒戦《ちょせん》に勝利をあげるべきでござる」

「最初の戦いで負けとなればどうなる」

「勝てる戦だけすればよい」

「そのようにうまくいくものかッ」

大野修理が反駁《はんばく》した。

幸村は、強い視線で大野修理をにらんだ。

「修理殿は、籠城、籠城とおっしゃるが、援軍はどこからくるのでござるか」

「されば、安芸《あき》の福島、筑前《ちくぜん》の黒田、肥後《ひご》の加藤などは、けっして徳川の世をよろこんでいるわけではない。われらが籠城して戦えば、かならずや味方となって駆けつけて来《こ》よう。すでに秀頼公のお名前で書状が発してある」

「すぐに駆けつけると、返書《へんしょ》がまいりましたか」

大野修理はことばにつまった。

豊臣家恩顧の大名たちからは、なかなかはかばかしい返事がない。

親書とともに下賜《かし》した脇差を送り返してきた者も数人いる。

豊臣家への断りの書状の写しを、徳川家に差し出した者もいる。


播磨《はりま》の池田利隆《いけだとしたか》などは、豊臣家の使者を捕えて徳川につきだした。可哀想な使者は、すべての指を切り落とされ、額に〝秀頼〟の二字を焼き印されて追放された。

「福島や黒田、加藤がいかに豊臣家股肱《ここう》の臣《しん》であったとはいえ、すでに、関ヶ原の合戦で東軍の旗をかかげ、恩賞も徳川からもらっておるではありませんか」

後藤又兵衛が口を開いた。

「黒田長政殿は、豊前中津《ぶぜんなかつ》十八万石から筑前《ちくぜん》福岡五十二万三千石に。福島正則殿は、尾張清洲《おわりきよす》二十万石から安芸《あき》広島四十九万八千石に。また、細川忠興《ただおき》殿は丹後宮津《たんごみやづ》十八万石から豊前小倉《ぶぜんこくら》三十九万九千石に。さらに、加藤家は、肥後《ひご》熊本の二十五万石を五十二万石に加増されている。それだけの恩賞をもらったとあれば、すでに徳川に新恩がある。ただちに大坂に駆けつけるわけにはまいりますまい」

「さればでござる」

幸村がいちだんと声を大きくはりあげた。

一同が幸村をふりむく。

「二万の兵を率いて近江に出撃いたす」

「近江！」

武将たちが、一様に驚きの声をあげた。

「あのような広闊の地にわずか二万の兵を出して、徳川の大軍団をささえる策があるのか。徳川の城も多いぞ」

秀頼がたずねた。

「策などございませぬ」

幸村が大きな口を開けてわらう。

「ほうっ」

秀頼がわらった。

「策なくしてなんとする」

「まずは、かるくひと戦《いくさ》いたし、すぐさま瀬田川《せたがわ》まで退《ひ》きます。唐橋《からはし》を焼き落とし、ここで敵をささえまする」

「しかし、古来、瀬田川や宇治川《うじがわ》を守って勝ったためしはないというぞ」

城内を天地として育った秀頼だが、さすがに合戦の歴史には詳しい。

「たしかに木曽義仲《よしなか》、後鳥羽院《ごとばいん》、あるいは新田義《にったよし》貞《さだ》、楠正成《くすのきまさしげ》らが瀬田川で防戦して破れておりまするが、こたびの戦はまるで意味がちがっております」

「どのようにちがうのか」

「まずは緒戦での勝ちが目的。大坂方勝利の報が広がったとき、豊臣恩顧の大名たちは、はじめてこころを動かされます。それゆえ、この戦線に固《こ》執《しゅう》することなく、のちには自由に軍を展開する余裕がうまれます」

「ふむ」

秀頼が大きくうなずいた。

「さらに」

幸村は、一座の中央に広げてある巨大な日本地図の真ん中を、鉄扇で示した。

「近江に出陣することによって、日本を東西に分断するのでござる」

長宗我部盛親が興味深げに膝をのりだした。

「日本を東と西に分かつのか」

「さよう。西国には豊臣恩顧の大名が多い。彼らのこころを動かすには、徳川との連絡を断ったうえで、秀頼公がご出陣あそばすのが肝要」

「またれよッ。秀頼公のご出座など、とんでもない」

大野修理が血相を変えた。

修理を制したのは、秀頼本人だ。

「修理。大将が出ねば、戦《いくさ》にはなるまい。わしはどこまで出ればよい」

幸村は秀頼に会釈してから、説明をつづけた。

「まずは、山崎《やまざき》の天王山《てんのうざん》に本営を設けます」

天王山は、太閤秀吉が明智光秀《あけちみつひで》を討ち、天下を手中におさめた戦場である。豊臣家にとってはまことに縁起《えんぎ》がよい。

「天王山は京に近く、大和へも攻め込みが容易です。さすが真田殿の炯眼《けいがん》」

膝をうって感心したのは、毛利勝永。毛利姓だが、中国の毛利一族とは無縁。関ヶ原の合戦までは、豊前《ぶぜん》小倉六万石の大名だった男だ。軍勢の采配にかけて、緻密で巧《たく》みな武将である。

「たしかに秀頼公が山崎にご出陣とあっては、豊臣恩顧の大名たち、弓をむけるわけにはまいらぬ。これは、なによりの上策」

宇喜多秀家《うきたひでいえ》の家老だったキリシタンの闘将ジョアン明石全登《たけのり》も、幸村の案に賛同した。

信仰で深く団結した彼の部隊は、キリシタンの教えにより戦場で自殺することができない。敵の刃に斃《たお》されるまで、明石隊は闘神のごとく奮戦しつづけるであろう。全登とともに八千人のキリシタンが入城して、城内で異彩をはなっている。

「しかし、秀頼公のご出陣など、あってよいことではござらぬ。万が一のことがあれば、どうするつもりか。総大将がおわしてこそ、この大坂城の鉄壁が生きたものになる」

秀頼を大坂城から出したくない大野修理が熱弁をふるう。

大野修理の二人の弟主馬治房《しゅめはるふさ》と道犬治胤《どうけんみちたね》が、消極的な兄にかみついた。

「兄者は、なにを恐れている。まだ、淀殿の亡霊にしばられておるのか」

「近江といわず、美濃にまで撃って出たいもの。長駆して家康の首を取ってくれよう。兄者のようにおびえておっては、勝てる戦も勝てぬわ」

大野修理は、弟たちのことばに唇をかんだ。

「父なら、なんとされたであろうな」

秀頼が口をひらいた。

「はっ」

修理がたじろぐ。

「太閤殿下ならば……」

もとより果敢に出陣したであろう。軍議に列席しているすべての武将が即座にそう思った。

「わしには、その器量がないか」

秀頼がきびしい顔で、修理をにらむ。

「いえ、そのような……」

大野修理は返答のしようがない。

「戦《いくさ》には、勢いが大切であると聞く。実戦の経験をもたぬわたしだが、いまは、出撃の勢いを肌にひしひしと感じる」

秀頼が厳粛な声でいうと、一座に熱い空気がみなぎった。

「撃って出るべし」

「徳川に一泡ふかせてくれようぞ」

武将たちが口々に出撃を唱え、軍議は決した。

「そうと決まった以上、すぐさま出陣の準備をつかまつりましょう」

勢い込んで立ち上がったのは、木村重成《しげなり》。秀頼と乳兄弟《ちきょうだい》（乳母が同じ）のこの若武者は、美貌ゆえに城内の女たちにはいたって人気がある。

「近江での合戦とはおもしろや」

新宮行朝《しんぐうゆきとも》も立ち上がっている。源氏《げんじ》のながれをくむ熊野《くまの》の名門新宮家の棟梁《とうりょう》行朝は、浜育ちだけに骨太で快活な男だ。陽焼けしたたくましさにあこがれる城内の女たちもいる。

「待たれよ」

幸村の静かな声がひびいた。

「いまひとつ奇策がござれば、お聞きくだされ」

その声に、武者たちのざわめきがおさまった。

「策とはなにか」

秀頼がたずねた。

「なに、有楽殿でござる」

十月七日の朝、大坂城を出立した織田有楽斎は、この男にしてはめずらしく馬を駆けさせ、昼前には二条城に着いて所司代板倉勝重と対座していた。

「まことに秀頼が大坂城を退去して、国替えに応ずるというたのか」

「さよう。本人がはっきりとそういうたわ」

板倉勝重は有能な官僚だ。

徳川家の官僚にとって、有能であるということは、つまり猜疑心《さいぎしん》が強いということだ。

「その席にだれがおった」

「大野修理、長宗我部盛親、後藤又兵衛、それに真田……」

「ふん、真田の考えそうなことじゃ。欺瞞《ぎまん》でござるよ。嘘じゃ、嘘にきまっておろうが」

「しかし、誓紙《せいし》がござる」

有楽斎が、懐《ふところ》から秀頼の誓紙を取り出し、勝重に手渡した。

はらりと巻紙をひらいた板倉勝重は、しばらく眼を丸くして手紙をにらんでいたが、やがて大声で笑い出した。

「有楽殿。もうろくはしたくないものじゃ。これが誓紙ならば、わしなど、熊野権現《くまのごんげん》にちかってそなたに所司代職をゆずりわたす誓紙を書こう」

勝重に誓紙を突き返された有楽の顔がさっと青ざめた。

織田の源五は人ではないよ
お腹召せ召せ召させておいて
われは安土《あづち》へ逃げる源五
六月二日に大水出て
織田の原なる名を流す

墨痕淋漓《りんり》と書かれていたのは、明智の乱で有楽が二条城を逐電したことを、京のわらべがあざ笑った歌である。

「真田の倅《せがれ》めッ」

青くなった有楽の顔が、こんどは赤く染まった。刀も槍も不得手《ふえて》な茶の数寄者《すきもの》とはいえ、三万石の大名である。

これほどまでこけにされて、黙っていられるはずがない。

「板倉殿、真田じゃ、真田の忍びがあやかしの術をつかいおって、わしをたばかったのじゃ」

「ならば、なんとする。なんにしても、もう大坂の城には戻れまい。有楽殿が、内通しておるのを知っての追放の方便じゃ。城に潜入させてある細作たちからは、千姫の従者や青木も追放されたと、いましがた、そこもとより早く知らせてきたわ。豊臣もいよいよ合戦のかまえじゃな」

「なんとしても一矢報いねば気がすまぬ」

「ははは。豊臣が滅《ほろ》びるのもすでに時間の問題。鉄槌《てっつい》はさほど待たずともくだされるわ」

「いやいや、そんななまなかなことでは腹の虫がおさまらぬ」

「では、なんとする」

「わしも一軍を率いて、真田の首をはねてくれる」

板倉勝重が磊落《らいらく》にわらった。

「有楽殿の武勇は、世に名高いからの」

有楽は、苦い顔になった。

関ヶ原の合戦で、有楽は石田三成の武将横山喜《き》内《ない》の首級《しるし》をあげた功績で、大和に三万石の領地をあたえられたのだが、かなりあやうかった。首を上げたのも、じつは有楽本人ではなく、主人の危機に駆けつけた家臣千賀又蔵《ちがまたぞう》である。

「いやいや、なんとしても、幸村の首をとらねば気がすまぬ。はらわたが煮えくり返っておさまりがつかんわい。なんとしても大御所さまに頼んで、よき部署をえたいもの」

有楽があまりにも勢いこんでいるので、板倉勝重はすこし鼻白らんだ。

「有楽殿がほんとうにその気なら、恥をしのんでもいまいちど大坂の城にもどられるがよかろう。そのうえで、城内を攪乱《かくらん》なされよ。それがなによりの働きと存ずる」

織田有楽斎は、口をへの字にむすんだままじっと考えこんでいた。

二

「あそこまでこけにされては、いかに臆病者の有楽といえど、面子《めんつ》にかけて刃向かってまいりましょう」

幸村と馬をならべている海野六郎がいった。

「さぞや頭から湯気が湧いておるであろうの」

と、穴山小助。

軍議を終えた幸村は、家臣をつれて大坂城内を巡視していた。

幸村は明日近江に出陣するというのに、いたってのどかにかまえている。出陣を前にいやがうえにもたかぶっている家臣とはちがい、幸村ひとりが、べつの空気を吸っているようだ。幸村にはそういう天性ののびやかさがそなわっている。

「しかし、かえって逆効果ではありませぬか。あれではこちらから戦の用意があると知らせたようなもの。和議受諾といつわっておけば、数日の時が稼げましたでしょうに」

と、海野六郎がたずねた。

「すでに、家康は出陣の軍令を発しておる。もはや、戦支度《いくさじたく》の真っ最中であろう。いつわりの和議にだまされる家康ではないわ。あれで、徳川方での有楽の評判は地に落ちるであろう。そういう噂は早いからな」

「家康の出陣はいつになりましょうや」

「まずは、先鋒の藤堂高虎《とうどうたかとら》が、駿府《すんぷ》を発するのが明日あたりか。二、三日もすれば、家康自身も駿府を出るであろう」

佐助が幸村に届ける戦場諜報《ちょうほう》は、じつに緻密であった。佐助の配下には、いろは四十八組にわかれた忍びが三百人、各地に散って情報収集にあたっている。この時代のどの大名にもまして、幸村は情報戦略を重視していた。

「されば、われらとて、本日にも出陣いたしたほうがよろしいのではございますまいか」

「なに、ちと待ち人があってての」


と、幸村は横をむいた。

三ノ丸の玉造黒門口《たまつくりくろもんぐち》から、空堀《からぼり》の内をすこし西へ寄ったあたりで、幸村は馬を停めた。

ここは、大坂城の南、町屋が多い。

大坂城は堅牢な巨城である。

北は川幅の広い大和川《やまとがわ》、天満川《てんまがわ》。

東は猫間川《ねこまがわ》の低湿地。

西の船場《せんば》には運河の役割もはたす東横堀川《ひがしよこぼりがわ》。

守りの強い大坂城だが、南はそのまま平野につながっている。

いいかえれば、南だけが大坂城の弱点だ。この城を攻めるとすれば、だれもが南から総攻撃をかけるだろう。

秀吉は、南側の手薄なことを気に病み、ここに幅三十間（五四m）、深さ六間（一一m）の空堀をうがった。

これによって、総延長二里（八㎞）の大坂城惣《そう》構《がま》えが完成したのである。

いま、その空堀の内側に塀をめぐらせ、一丁（一一〇m）おきに櫓《やぐら》を築く工事が突貫で進んでいる。塀の内側は二階建てで、下と上の狭間《はざま》の両方から弓や鉄砲が打てる。

それぞれに武者走りがある。

二倍の兵員を配置するこの構造は、幸村の発案だ。

堀の内、中、外には、柵《さく》を三重にめぐらす。

これだけの備えがあれば、敵兵がたとえ五十万人押し寄せても、撃退が可能だ。

幸村は、城郭の要塞化工事を検分しながら、ゆっくりと馬をすすめていたが、南を見て、ふと馬をとめた。

「あれはよい丘よ」

空堀のむこうに、ゆるやかな丘があり、笹が茂っている。

築城の縄張りにたけた穴山小助がうなずく。

「さよう。あそこに出丸《でまる》を築きますれば、南の守りは鉄壁となりましょう」

「いってみよう」

空堀をこえ、笹の茂る丘に馬を駆けさせてみると、大坂の南の野がひろびろと見わたせた。

具合のいいことに、丘の東、南、西は急な斜面になっていて、手をくわえれば立派な堀になる。

柵と塀を築けば、堅牢な砦《とりで》となり、空堀に押し寄せてくる敵兵を、横から狙いうちにできる。

ふりかえると、真北に大坂城の天守が空を圧して威風堂々とそびえている。南を守る出丸としては、万全の位置だった。

「四天王寺《してんのうじ》の塔が見えまする」

海野六郎にいわれるまでもなく、ほんの半里(二㎞)むこうに、聖徳太子が創建した巨大で壮麗《そうれい》な寺院の伽藍《がらん》がそびえている。

大坂城が囲まれることになれば、この平野に徳川の兵が満ちるだろう。

四天王寺のむこうに小さな茶臼山《ちゃうすやま》が丸く見える。山とはいっても、茶臼山は、築造途中でうち捨てられた古代の古墳である。

自然の山にはない完全な丸みを帯びている。

(才蔵のあの夢のごとくなってはなるまい)

幸村は、奥歯を嚙みしめると、さっき秀頼から拝領したばかりの白鹿毛《しらかげ》の馬に鞭をくれた。

馬は、信州《しんしゅう》上田時代の愛馬と同じく〝虚空蔵《こくうぞう》〟と名付けた。

智恵と功徳《くどく》を天(虚空)ほど広く、無限に蔵している菩薩《ぼさつ》にあやかった名前だ。

故郷の信州上田には、同じ名前の山がある。

「砦の縄張りのこと、小助にまかせたぞッ」

一声叫ぶと、幸村は丘を駆けくだっていた。

大坂平野には巨大なナマズのかたちをした台地がある。

大坂城惣構え全体を頭とした上町《うえまち》台地は、その尻尾《しっぽ》を南にのばし、難波《なんば》の四天王寺からさらに南にひきずっている。

ひとたび丘を駆けおりた幸村は、一面にひろがる畑のあいだをぬって上町台地を駆けあがり、そのまま南にむかった。熊野につづく街道が、畑の多い台地の尾根を通っている。

大坂平野で決戦がおこなわれるとすれば、上町台地は戦略上の要地となるはずだ。

幸村は地形を確認しながら、馬を駆けさせた。

幸村の虚空蔵につきしたがうのは、海野六郎ただ一騎。

徒歩の従者たちは、とうてい追いつけない。

(甲冑《かっちゅう》もつけず、もし、徳川の細作が殿を狙ったら、なんとするか)

海野六郎は、そんな心配をしながら幸村につづいた。

四天王寺の西門で、幸村は馬を停めた。

この寺は、過去いくたびも戦火にあって炎上しているが、そのたびに再建され、巨大な伽藍《がらん》を維持している。

簡潔で清浄な美しさがながれる寺院だ。

門前に立った幸村は、また、才蔵に見せられた夢を思い出した。

(ここに、秀頼殿の御座所をもうけたのだ)

夢のなかの夏の陣で、幸村は茶臼山に自分の陣をおき、四天王寺に秀頼公の出陣をあおいだ。

(ついにご出座なされなかったが……)

それは、悪夢だった。

たのみだった秀頼公の出陣がはたせぬとは！

(息子の大助を城まで呼びに行かせたというのに。あの淀殿が秀頼公を引き留めたのだ)

いま、その淀殿はいない。

淀殿がいなければ、よけいな感情に左右されることなく、軍略だけを純粋に思考すればよい。

「いかがなされましたか」

ようやく追いついて馬をおりた海野六郎がはずんだ息でたずねた。

「なんでもない」

幸村は首をふって歩き出した。

四天王寺の境内は、昼下がりにもかかわらず、森閑としていた。

講堂からのびた回廊の角をまがったとき、突然、墨染《すみぞ》めの衣《ころも》をまとった僧があらわれた。見たこともない巨漢である。

とっさに、前に飛び出したのは、海野六郎である。

刀の柄に手をかけ、僧をにらんだ。

「敵ではない」

幸村のことばに、頭をさげたのは、巨漢の入道である。

「真田左衛門佐《さえもんのすけ》様にございますか」

「いかにも」

「三好清海《みよしせいかい》にてございます」

「うむ、ごくろうである」

それから、海野六郎をふりかえった。

「この者は、佐助が見つけてきた。ちとおもしろい男でな。われらの力になってくれよう。わしも初対面なのだが、佐助からよく話を聞いているので、他人とはおもえぬわ」

「代々の家来とおもっていただいたほうがうれしゅうござる。わたしも初めてお会いしていながら、長年の主君のような気がいたします」

清海は、幸村にただよう気韻《きいん》に、深く感じるところがあった。

「真田家の侍大将海野六郎にてござる。お見知りおきを」

海野六郎は、まじまじと入道を見つめた。色がそばの花ほどに白いのはおくとしても、瞳の青いのが見慣れぬ風情だ。

「入道殿は、紅毛人《こうもうじん》とのあいの子ゆえに、瞳が青いのだ」

背後の声にふりかえると、いつの間にそこにきたのか、僧侶姿の佐助が立っていた。

「キリシタンがまたどうして僧侶に」

「キリシタンではございませぬ。たしかに父は信者でしたが、わたしは洗礼を受けておりませぬ」

清海は巨体に似合わぬおだやかな物腰だ。

「堺の遊廓《ゆうかく》の生まれでござれば、母はまごうかたなき日本の遊女。父はエゲレスあたりの紅毛《こうもう》の商人でございましょうが、母は幼いころに亡くなり、いまとなっては知るすべもござらぬ」

「堺……」

海野六郎は堺に行ったことがない。ただ、そこには、きらびやかな南蛮の品々があふれていると、想像するばかりだ。

「僧のなりをしておるが、この清海、僧ではない」

「髪が金色の紅毛ゆえ奇異に見られますので、いっそ頭を丸めました。キリシタンに間違われるくらいなら、このほうが気楽です」

幸村が声をひそめた。

「じつはな、この男、鉄砲鍛冶《かじ》だ」

「幼いころ、親方に拾われたのでござるよ」

「さっそく見せてもらおうか」

幸村がなにを見るつもりなのか、海野六郎にはわからない。佐助にたずねたが、にやにやするだけで教えてくれない。

一行は、寺の裏手に出た。毘沙門池《びしゃもんいけ》とよばれる葦《あし》深い沼がある。沼のほとりに、もうひとり巨漢が待ち受けていた。

「弟の伊佐《いさ》でござる」

三好清海が紹介したのは、清海に負けず劣らずの大男。やはり、入道姿で瞳が青い。

「支度はすべてととのっております」

沼のほとりに置いてある長櫃《ながびつ》の蓋《ふた》をあけると、

黒光りする筒が四本あった。鉄砲にしては太すぎるし、火縄をすげる火挟《ひばさ》みも、火蓋《ひぶた》もない。

「ほほう。これか」

伊佐から筒を手渡された幸村は、

「案外かるいものだな。これなら扱いやすい」

と、上機嫌だ。

「鋼《はがね》を薄く鍛造《たんぞう》するのに骨がおれました」

筒はちょうど大人が両手をひろげたほどの長さである。中ほどに、握りがとりつけてあり、引き金がある。

「これが弾《たま》でござる」

清海が握り拳《こぶし》ふたつほどの黒い紡錘形《ぼうすいけい》の物体をとりあげた。サツマイモに大きな矢羽根をつけたような形状だ。

その弾を、そっと筒先からすべりこませた。

「こうして」

と、幸村の肩にかつがせ、握りをにぎらせた。

握りは、手にしっくりなじむ。

「ここで、狙いをさだめます」

筒のわきに、細い竹筒がついている。

幸村がのぞくと、中に十字の照準《しょうじゅん》がある。

ふつうの鉄砲の〝目当て〟より、かなり正確そうだ。

池をむいた。

池のむこう岸の葦のしげみに白く四角い板が、四枚立っている。

端の一枚に、その十字をかさねた。

「ここに指をおかけください。引き金でござる」

引き金に人差し指をかけた。

「片膝をついてください。いささか衝撃がありますので、しっかりとからだを動かしませぬよう。的《まと》まで百間（一八〇ｍ）ございます」

言われたとおりに片膝をつき、もういちど照準を合わせると、幸村は、月夜に霜《しも》がおりるように、ゆっくりと引き金をしぼった。

耳をつんざく突然の轟音《ごうおん》とともに、幸村の肩に強い衝撃がかかった。

体がうしろに大きくかしいだ。

葦のしげみにひそんでいた水鳥たちが、いっせいに飛び立った。

海野六郎は、雷鳴《らいめい》のごとき音のすさまじさに、度肝《どぎも》を抜かれ、思わず耳をふさいだ。

「お見事ッ!」

清海が叫ぶ。

遠眼鏡で沼のむこうをのぞくと、白い板は粉々に粉砕され、跡形もない。

「なっ、なんという武器でござるか」

海野六郎が、おもわず幸村にたずねた。


「はは、飛《と》び火筒《ひづつ》とか飛龍《ひりゅう》とか呼んでおる。どうじゃ、これがあれば、徳川の足軽など、あわてふためいて逃げおるぞ」

「大筒のように、ただの鉄の玉を飛ばすのではなく、弾に火薬が詰めてありますので、破壊力が抜群です。蒙古《もうこ》軍のてっはう(鉄砲)から考案いたしました」

文永十一年(一二七四)のいわゆる元寇《げんこう》襲来の際、元《げん》(蒙古)軍が、

「鳴リ高ケレバ、迷イテ肝ヲ失ウ」(八幡愚童訓)

というほど爆発力の強い武器をつかったことは、よく知られている。

しかし、その実物も製法も、中国にさえ伝わっていない。

元寇の〝てっはう〟は、おそらく音響のすさまじさで敵を攪乱《かくらん》するための武器だろうが、三好兄

弟が開発したこの飛び火筒は、確実な破壊力殺傷力がある。

「ちょっとした城の壁なら、五発か十発撃ち込めば壊せましょう」

「頼もしいかぎりの発明である。どこにでも簡単に持ち運べるのがなにより心強い」

「二十挺用意いたしました」

「ごくろうであった」

「堺衆といえども、皆がみな徳川になびいたわけではありませぬ。いまなお、自由な気風のあふれる豊臣家をお慕いしている商人や鉄砲鍛冶が大勢おります」

「さらに、いまひとつ新工夫がございます」

と、弟の伊佐。

「ほほう、なにかな」

「とにかくご覧ください」


伊佐は、太い蔦《つた》を編んだ大きな檻《おり》に近寄った。

さきほどから、檻の中で、大きな黒犬が三匹吠えているのが、幸村も海野六郎も気になっていた。

伊佐は、地面に置いてあった竹の皮包みから、赤い肉を取り出すと、犬たちの鼻の頭に近づけた。

「狂い犬でござるよ」

と、清海。

犬たちが目を剝《む》き、よだれを垂《た》らして吠える。

伊佐が、檻の戸を開けた。

三匹の黒犬が、伊佐の手の肉に食らいつこうとした瞬間、入道は機敏な動作で、肉をむこうの野に放り投げた。

「伏せてッ」

犬たちが、肉を追う。

と、清海が、地面に伏した。

皆もならって伏す。

肉に突進した三匹の黒犬が、目当ての肉に飛びかかる寸前――

突然、大音響とともに、地面が爆発した。

太い土の柱が、天にのびた。

小石が飛びはね、土埃が舞う。

三匹の黒犬のからだがばらばらの肉片となって、幸村たちのそばにも、落下してきた。

ぱらぱらと小石が落ちてくる。

「地雷火と名付けました」

「じ・ら・い・か……」

この武器は佐助も初めてらしく、じっと前方の地面を見つめたまままつぶやいた。

「おそろしい破壊力だ」

海野六郎がつぶやく。

「素焼きの壺に火薬がつめてあります。これを地面に埋設しておけば、馬さえ宙に舞い上がりましょう。突撃してくる敵兵は、総崩れ」

「すばらしい。何個用意できるか」

「材料が壺と火薬ですから、火薬のあるかぎりつくれます。飛び火筒もそうですが、火縄を使わずに、硫黄《いおう》と硝石《しょうせき》の調合で発火させる工夫に苦労いたしました」

「うむ、そうであろう。よくやってくれた」

幸村はやさしい父の目で、ふたりの巨漢の入道を讃《たた》えた。

「徳川の世になれば、日本人はだれも海を渡れなくなりましょう。南蛮からの商人も入れなくなりましょう。そんな不自由な世の中は、こいつでぶっつぶしてやります」

三好清海は、いとおしげに火筒をなで、ニヤリとわらった。

三

幸村に命じられた穴山小助が、三ノ丸空堀《からぼり》南側の丘に出丸を築くための縄張りを差配していると、南の野に三百騎ばかりの武者があらわれた。

突然の軍勢出現に、小助は肌に粟《あわ》がたった。

その集団が、あまりにも凛《りん》とした気迫をそなえていたからだ。

三騎の武者が、南から丘をのぼってきた。

「ここは、真田殿のご陣でござるか」

びっしりと顎髭《あごひげ》を生やした大兵の武者がたずねた。

小助は怪訝《けげん》に眉をひそめた。この丘を真田の出丸とすることは、ついさきほど幸村が決めたばかりで、まだだれにも告げていない。

「いかにも、さようでござるが」

「それみろ。わしの申したとおりであろう」

輪乗りで馬をまわしながら髭の武者がいった。

「真田殿なら、この丘に目をつけぬはずがないと踏んだのじゃ」

「貴殿らは、いったい……」

いぶかしがる小助に答えたのは、二騎のうしろにいたもう一人の武者だった。

「小助。おれだ」

「おおっ、望月か！」

望月六郎《もちづきろくろう》は、真田家の家人《けにん》で、穴山小助とは朋輩である。信州にいる幸村の兄信幸《のぶゆき》につかえていたから、紀州に来てから会っていない。

かれこれ、もう十五年ぶりである。

「まさかお主が来てくれるとはおもわなんだ」

「なに、戦のおもしろそうな方を選んだまでよ。いささか人数をつれてきた。寄騎《よりき》させてもらうぞ」

「願ってもない」

「そして、幸村殿お待ちかねの二人だ」

「由利鎌之助《ゆりかまのすけ》でござる」

と、髭の武者。

「筧十蔵《かけいじゅうぞう》でござる」

と、色白の武者。

穴山小助は、あっと口をひらいた。

ふたりの侍大将の名前は、つとに名高かったが、まさか生きているとは信じられなかった。

「それでは、石田三成《いしだみつなり》殿の……」

彼らは三成の直参で、関ヶ原合戦で死んだとされている猛者だった。武勇伝がいくつも伝わっている。

「いかにもさようじゃ。家康の首をとる最後の合戦。出陣せぬわけにはいかぬわい」

「こんどこそは、あの内府《ないふ》(家康)の首、みごと討ってくれよう」

「おお、二人のご加勢とあらば心強い」

穴山小助がこころから喜んだのは、由利と筧のふたりが、部隊の陣頭指揮に、抜群の勘《かん》と能力がさえるという評判だったからだ。

そのことをいうと、

「なに、負け戦ならば得意じゃ」

と、由利が豪快にわらった。

名前がつけられたばかりの真田丸に、夜のとばりがおりた。

幸村には、秀頼公から、一千騎の騎馬武者と四千人の足軽があずけられた。

すでに部隊編成が完了し、全員が、丘の上に整列している。

(みななかなかよい面構《つらがま》えよ)

篝火《かがりび》に照らされた顔を一人ひとりたしかめながら、幸村は心強かった。

おりしも、かねてから大野修理をつうじて発注してあった赤備《あかぞなえ》の軍装一式が届いた。

桶側胴《おけがわどう》も具足もあざやかな朱一色。

指物は惣赤《そうあか》。

旗はいわずとしれた六文銭。赤地に金で染めぬかれている。

「よいか、赤備は戦場でいちばん目立つのだ。勇敢に突撃しても目立つが、逃げるのもまた目立つ。われらが逃げ出せば、味方は総崩れと見られてしまう。赤備の厳しさ、こころしておけよ」

由利鎌之助が大声を張り上げた。

「よいことを教えてやろう。逃げるときはな、具足を脱ぎ捨てよ。そのほうが早く走れるぞッ」

幸村の冗談に、一同が大声で笑った。

五千人の兵に軍備が配られ、酒がふるまわれた。

真田軍のおもだった武将が、丘のうえに急造された仮小屋にそろった。

顔ぶれは——

先陣《せんじん》大将海野六郎。

前備《まえぞなえ》大将根津甚八。

馬廻《うままわり》大将穴山小助。

後備《あとぞなえ》大将望月六郎。

殿軍《しんがり》大将由利鎌之助。

遊軍《ゆうぐん》大将筧十蔵。

それぞれが、五百から八百人の部隊を率いて差配する。

この六人に加え、武器・兵站《へいたん》(補給)奉行《ぶぎょう》の三好清海と伊佐の兄弟。

そして、諜報担当は忍びの佐助と……、

「才蔵がおらぬな」

と、幸村。

「あやつ……。探してまいりましょうか」

忍びの佐助が腰をうかした。

「よい。変わった男がひとりおる。由利殿、筧殿、そう心得られよ」

幸村は、九人の男たちを眺めた。

「さっそくだが、明朝、京、近江にむけて出撃する」

一座がどよめいた。

「佐助、京、近江のようすはどうじゃ」

「はっ。摂津茨木《せっついばらき》城の片桐且元《かたぎりかつもと》は手兵三千。伏見城松平定勝《さだかつ》は二千。二条城の板倉勝重は一千にすぎません」

「近江の城は？」

「されば、膳所《ぜぜ》城はすでに陣備えこそしておりますが、城兵は千五百。彦根城は四千」

「織田有楽は？」

「京の屋敷におります」

「どんなようすじゃ」

「茶などたてておりますが、茶杓《ちゃしゃく》を取り落としたり湯をこぼしたり、頭はそうとう熱くなっておるげにござる」

幸村は満足そうにうなずくと立ち上がった。

「明日にそなえて、今宵《こよい》は存分に英気を養っておけ。わしは、本丸での評定《ひょうじょう》に行ってくる」

そのとき、仮小屋に音もなくはいってきた影があった。

影は黙って末座にすわった。

才蔵である。

「どこに行っておった」

「駿府《すんぷ》まで」

「うむ。家康は？」

「矢継ぎ早に軍令を発しております。先鋒は伊勢安濃津《あのつ》城主藤堂高虎《とうどうたかとら》。本日、駿府を出立して伊勢にむかっております。四千の兵を率いて大和からまいりましょう」

「その方面は、評定にて長宗我部殿か毛利殿にねがわねばなるまいな。家康はいつ駿府を立つつもりじゃ」

「さて、そのこと、老人はずいぶんゆるゆるしておる」

「ふん」

と、鼻を鳴らしたのは、穴山小助だった。

「あまりに急いでは、豊臣家に恐れをなしていると思われてしまうのがしゃくなのじゃよ」

「そのとおりでございましょう」

「おもしろい」

幸村が立ち上がった。

「よいか」

十人の男たち全員が、立ち上がった。

「ねらいは、家康の首ただひとつ。あの老人の首ひとつで、天下が大坂にころがってくる。そう心得よ！」

「おおッ！」

男たちが素焼きの杯をとりあげると、小姓が酒をついでまわった。

「家康の首級をッ」

「おおおッ！」

十人の男たちの鬨《とき》の声が、ひときわ甲高く十月の星空に響きわたった。

第三話
二条城炎上陥落

一

十月十日未明。

摂津茨木城に、三千の兵とともにたてこもっているる片桐且元《かたぎりかつもと》は、黒具足の甲冑を着込んだ家老の多羅尾半左衛門《たらおはんざえもん》にゆり起こされた。

「城が囲まれております。敵は約二万」

「だれの部隊だ」

大坂城を覚悟のうえで退去した以上、こうなることはわかっていた。

数日以内に、徳川の大軍団が畿内にくる。

(それまでなんとしても持ちこたえねば)

このところ、且元はそのことばかり考えていた。

「だれの部隊なのだッ」

多羅尾はしずかに首を振った。

(まさか)

且元は、搔巻《かいまき》をはねのけてとび起きた。いまの太陽暦でいえば十一月も末のこと。朝はかなり冷え込んでいる。

まだ薄暗い城内を走った。

大手門わきの櫓《やぐら》から見下ろすと、城の周囲には兵が満ちている。

太い格子《こうし》にしがみつくようにして、且元は包囲軍の旗指物を見た。

おもわず息を呑んだ。

指物《さしもの》は惣金《そうきん》の切裂《きりさき》。

茜《あかね》の吹貫《ふきぬき》。

金の瓢簞《ひょうたん》の大馬標《おおうまじるし》。

「秀頼公か……」

「まちがいございませぬ。右大臣（秀頼）本隊七千、真田が五千、後藤又兵衛が六千、木村重成四千」

まだ明けやらぬ冷気のなかで、右大臣の軍は粛《しゅく》然《ぜん》と茨木城を囲んでいた。

且元《かつもと》は、かつては賤《しず》ヶ岳《がたけ》七本槍にかぞえられた古くからの秀吉の家臣である。

豊臣家の家老として、秀吉の遺言を重んじて諸事万端とりしきってきた。

この夏、徳川家に、使者としておもむき、「大坂城退去」の要求をふくむ「和平三策」をもちかえった。

その結果、淀殿に、

「市正《いちのかみ》（且元）は家康と一身のものにて候ゆえ、ご成敗《せいばい》（大坂陣山口休庵咄）」と、断じられてしまった。

豊臣家のためによかれと奔走《ほんそう》していたのに、この仕打ち。

それこそ、家康の策謀なのだが……。

且元を討ち果たすための軍勢も、淀殿の命令で城内の一画に終結していた。

身に危険のせまった彼は、万やむをえず三千の手兵とともに大坂城を武装退去し、この茨木城にこもったのだ。

(大野修理でも出てくれれば、一泡ふかせてくれように)

そう身構えていた且元だが、相手が秀頼では、弓をむけるにも腰がひけてしまう。

大坂城退去後、且元は家康の誘いに応じ、徳川加担の腹をきめた。

そうするしか生き残る道はなかった。

攻めてきたのが秀頼本人だからといって、いったんあげた徳川の旗をすぐにひきおろすわけにもいかない。

「いかがいたしましょうか」

家老の多羅尾は、とまどっている。

「戦支度だけはしておけ」

「それはぬかりありませぬ」

小姓《こしょう》に手伝わせて具足をつけると、且元は床几《しょうぎ》に腰をおろして外を眺めた。

包囲の豊臣軍二万はみじろぎもしない。

軍紀がよほど徹底しているらしい。

正面の槍隊は、三間槍《さんげんやり》のにぎり方にさえ気迫が感じられる。

ようやく昇った朝の太陽に、数千本の槍の穂先が、神々《こうごう》しいさざ波のごとくきらめいた。

「大坂の兵はずいぶんようすがちがってきたな」

そのことは、家老の多羅尾も感じていたらしい。

「はっ、牢人の寄せ集めにはおもえませぬ。軍勢というのは、大将の気迫によって、いかようにでも変化するものでござるな」

「されば、わしが采配をふるっていたのでは、どのみち家康の首など討てんわい」

いってから、且元は低い声でわらった。そんな冗談が出るほど、豊臣の軍勢は、凛たる気迫をただよわせていた。

遠巻きに城を囲んでいる軍勢のなかから、きらびやかな軍装の大兵の武者が一騎、大手門の前に駆け出てきた。

金の馬鎧《うまよろい》が、朝の光にまばゆい。

「おっ、秀頼公がッ！」

ただ一騎、大手門の堀端まで駆け寄った。平城《ひらじろ》の茨木城には、細い川を利用した堀と掻き上げ土手があるだけだ。石垣などはない。

城壁からの距離約二十間（三六ｍ）。

鉄砲狭間《はざま》にならぶ筒先は、すべて正確に秀頼をとらえている。

鉄砲の有効射程距離は百間（一八〇ｍ）だから、この距離で的《まと》をはずす鉄砲組はいない。

城内は、ジジジッと火縄の燃える音が聴こえるほど静寂がみなぎり、すべての将と兵が息を殺して緊張した。

「且元殿ッ。且元殿はおられぬかッ！」

秀頼は、門前で馬をまわしながら大声で呼ばわった。

「ここにおるッ！」

立ち上がりざまに大声を発した且元は、

（しまったッ）

と、臍《ほぞ》をかんだ。

声を交わしてしまえば、かつての若殿と家老である。

敵にはなりきれない。

「且元殿のせっかくのお働きにもかかわらず、お袋さまのあの仕打ち。この秀頼、こころからお詫《わ》びいたすッ！」

ウッ、と、且元は喉をつまらせた。

やつれた顔に涙があふれだした。

心ならずも、豊臣家に反旗をひるがえしたのは、すべてあのお袋さまの猜疑心のせいであった。

「いまいちど、わが家老としてもどってはくれぬか」

秀頼の謝罪で、この夏以来の且元の心労がすべて霧散し、こころのしこりがほぐれた。且元は膝を折って、なみだにむせんだ。

「且元殿が苦境に立たされたのは、すべて家康の詐術のせいである。天下を私物化しようとしているあの老人、許しがたい。われら、成敗するつもりなれば、ご助勢くださらぬか」

且元のこころが、わなわなふるえた。

お袋さまの庇護のもとでは、頼りなげにしか見えなかった秀頼が、いま、悠揚《ゆうよう》せまらぬ大将として眼前にいる。且元が小声で命令すれば、数百発の銃弾が、いっせいに秀頼を倒すというのに、恐れのかけらさえ見せない。

「よき大将かな」

「まことに」

「わしは涙で声が出ぬ。大手門を開かせ、丁重に右大臣殿をお迎えせよ」

家老の多羅尾が立ち去ったあとも、且元はしばらく立ち上がれないほど嗚咽にむせんでいた。

天王山の山頂に、丸太を組んだ物見櫓ができあがった。

杉木立が伐採されて、視界が広がっている。桂《かつら》川《がわ》、宇治川、木津川《きづかわ》の三本の川が、眼下で合流して淀川となる。この山を先んじて占領したから、秀吉は明智光秀に勝てたのだ。合戦のあと、秀吉は山頂に小さな城館を築いたが、長いあいだ打ち捨てになっていた。

「いかがでござります、ここからの眺めは」

梯子《はしご》を軽々と登って櫓の上に立った幸村が、秀頼に遠眼鏡を差しだした。

幸村愛用の遠眼鏡《とおめがね》は、朱の漆《うるし》に金で唐草《からくさ》の精緻な模様が細工されている。幸村が秀吉のそばに仕えていた二十代のころ、秀吉からもらった思い出深い品だ。

「あちらが京でござる。東寺の塔がごらんいただけましょう」

「おうっ。見える見える」

二人が立っている天王山山頂から京までは三里（一二㎞）。よく晴れた十月の空のもとでは、手をのばせば届きそうなくらいだ。

茨木城を開城させた秀頼軍は、そのまま片桐且元をひきつれ、天王山まで進軍した。

「あれが二条城であろう。小さい城だな。おっ、あの山のうえにあるのは伏見の城か」

「南をごらんくだされ。大坂城が見えまする」

「おおッ、わが城をこんなに遠くから眺めるのは初めてじゃ。小さいものだな」

茨木城での毅然とした大将ぶりとはちがって、いまの秀頼は無邪気な若者だった。

両方とも真実の彼の姿だろう。

「幸村」

「はっ」

「わしはいままで箱のなかで育ったようなものじゃ」

「はい。なにもご存知ありませぬ」

「いいにくいことをすっぱり断じる男だな」

「言わずに捨ておきましては、武将はつとまりませぬ」

「ふむ」

幸村は秀頼のつぎのことばを待った。

「わしはべつに徳川が憎いわけではない。天下がほしいわけでもない。できれば、戦《いくさ》などはしとうない」

「戦はないほうが、町民や百姓はよろこびます。拙者とて、戦より静かな世をのぞんでおります」

「ならば、なぜ戦をする？」

「豊臣家が徳川から滅ぼされぬためでござる。家康めは、秀頼公のお命が目的。豊臣家をなきものにして、天下すべてを徳川のものとする所存。生きるためには、戦わねばなりませぬ」

「うむ。まことにそのとおりである」

秀頼が、床几に腰をおろした。

「しかし、それは、わしの理屈だ。そのほうが戦う理由ではなかろう」

幸村は、ふいに胸をつかれた。

凡庸《ぼんよう》にみえがちなこの青年に、繊細《せんさい》な英知が潜んでいるのを発見した気持ちだった。先ほどの剛胆さと合わせ、あらためて秀頼を見直さざるを得ない。


「幸村は、なぜ戦う。なぜ、わしの招きにおうじて大坂城に入城してくれた」

「されば、やはり生きるためでござる」

「九度山村におれば、生きていられるではないか。戦に出れば死ぬかもしれぬ」

「おそれながら、上様（秀頼）は、生まれおちてこのかた、城中だけに住まい、女官にかしづかれて、みずからはなにごともなさらぬご境涯です。そのような毎日で、〝生きている〟と感じたことはおありですか？」

「さて……」

「生きるとは、おのれの命の花を美しく咲かせることでござる。ただ命を永《なが》らえるだけでは、生きているとはもうせません。ぎりぎりまで死を賭けねば、命の花は咲かぬもの」

「そういうことなら、わしは今日、初めて生きている気がした。茨木城の門前で、そのほうに教えられたとおり叫んだが、まことに死ぬおもいであった」

「それでござる。本日の上様のご活躍、将兵一同ほれぼれいたしております。それこそが命の花。しかも、一兵も損ぜず城を開かせたのはなによりのご武勲《ぶくん》」

しばらく微笑んでいた秀頼が、ふっと顔を曇らせた。

「幸村」

「はっ」

「みなは、わしのことをうすのろじゃと思っておるだろう」

「……」

「はっきりいってくれてかまわぬ」

「されば、徳川譜代《ふだい》の大名たちには、秀頼殿うつけ、との流説《るせつ》がございます」

「敵だけではあるまい」

「たしかに、城内でもいささか……」

「そう思わせておくがよい。そのほうが、敵に油断が生じる」

幸村は、あらためて秀頼の顔を見た。

「幸村は、家康の誘いにおうじていれば、信州で五十万石の大名になれたのに、わしの陣に参じてくれた」

「ご存じでしたか、徳川からの誘いのこと」

「それぐらいのこと、知らんでは大将などつとまらん」

秀頼がいたずらっぽく笑った。

たしかに家康からは、なんども九度山村につかいがきたが、むろん幸村は、断っている。

「五十万石など、あの吝嗇《りんしょく》な家康が出すはずがござらぬ。せいぜいが千石でしょう」

「千石にしても、勝ち目のないわしの五十万石の約束より、よほど確実であろう」

秀頼が笑いとばした。幸村入城に先だって、秀頼もやはり五十万石の報償を約束していたのだ。秀頼は幸村ばかりでなく、何人かの将に一国を約束している。

（あるいは、この合戦、勝てるかもしれない）

幸村はこころのなかでそう思った。

二

堺の町は、西を海に接し、残りの三方を濠《ほり》に囲まれている。

いや、〝いた〟と過去形で述べたほうが正確だ。富裕な町人たちが自治を誇ったこの町も、いまは徳川の支配下。濠は埋め立てられ、土塁《どるい》や柵、物見櫓は撤去された。

人口は三、四万人であるが、警備しているのは堺奉行芝山正親《しばやままさちか》の配下百人ばかりの侍。

まったくの無防備都市といってよい。

しかし、この町の武器商人の倉庫や奉行所の蔵には、なお膨大な銃器、弾薬が蓄積されている。

「岸和田や紀州からの援軍は、まだ到着しておりませぬ」

斥候からかえってきた物見《ものみ》が、明石全登《たけのり》に報告した。

「さて、どうするかな」

と、明石はふたりの巨漢に顔を向けた。

明石全登は、聖ヤコブの長旗《ちょうき》や花クルスの旗をひるがえし、八千のキリシタン兵を率いて堺に進軍してきた。

手薄な堺の奉行所をおしつぶすくらいは、なにほどのこともない。

全隊が旗をならべれば、徳川侍たちはあわてて南の岸和田方面に遁走《とんそう》するだろう。

ただ、逃げぎわに町を焼き払われては厄介だ。

ヨーロッパの宣教師たちが〝ベニスのようだ〟と絶賛したこの貿易港は、末長く豊臣家の直轄地として確保しておきたい。

(いまは徳川になびいている堺商人たちも、豊臣家の陣営に組み入れたい)

それが、評定《ひょうじょう》での幸村の意見だった。

明石全登ももっともだと賛成した。

いま、明石全登は、いったん仁徳陵のかげに本隊の兵をひそませた。

堺で生まれ育ち、路地裏の隅々まで知りつくしている三好清海と伊佐の兄弟が、特に志願してつきしたがっている。

「さきに、われらふたりが町に入り、知り合いの町衆と話をつけてまいりましょう。いくら徳川にくみする町衆といえども、屋敷と全財産を焼かれるよりは、蔵の鉄砲を豊臣家に売り渡すことをのぞむはず」

「商人衆への支払いならば、大判をたくさん用意してきた。秀頼公は、非常時ゆえ、ふだんの倍の値を払えとおおせである」

明石全登は、大判がたっぷり入った木箱をもってこさせた。

「それなら商人は、今後とも豊臣家に協力を惜《お》しみますまい」

「もし籠城ともなれば、武器や食料の調達もたのまねばならぬからな」

「町衆と話がついてから、飛び火筒で奉行所の度肝を抜いてやります。五、六発くらわせれば、なすすべも忘れて逃げ惑いましょう」

「おおっ、話に聞いておるぞ、火筒の威力」

「されば、ごらんにいれましょう。まずは半刻ばかり、旗をひそめて敵に見つからぬようお待ちください。それから、火筒の音を合図に、攻め込んでくだされ」

飛び火筒を背負ったふたりの入道は、巨体に似合わぬ敏捷《びんしょう》さで駆け出していった。

堺奉行芝山正親は、十月一日に、家康の「大坂討伐」の軍令が発せられてからというもの、配下の侍を叱りつけてばかりいた。

先日来、京都所司代板倉勝重に援軍を要請しているのに、特別な指示は出ていない。

なにしろ大坂で合戦となれば、まずこの町が狙《ねら》われるのは明らかだ。岸和田八万石の小出吉英《こいでよしひで》か、紀州三九万五千石の浅野長晟《ながあきら》の援軍でも出してもらわなければ、早晩、この町が踏みにじられるのは目に見えている。

(小出にしても浅野にしても、もとをただせば秀吉の家臣ではないか)

ことに、紀州の浅野家などは、故太閤殿下の北政所《きたのまんどころ》お寧《ね》の実家である。むしろ、徳川についているほうが不自然なのだ。

芝山の胸中には、ときにそんな不安がよぎる。

堺の町は、鷲《わし》や鳶《とんび》のまえに放り投げられたうまそうな脂身《あぶらみ》だといってよい。

「見張りを厳重にせよ」

よく晴れた昼だというのに、正親は背筋に寒いものを感じて、番卒に命じた。むろん、いくら警戒を厳重にしたところで、大坂方が攻めてくれば守れるものではない。

そもそもが、芝山にしても、他の侍にしても、ここで関税の徴収をおこなっている役人にすぎないのだ。最初から戦闘要員ではなかった。

「敵が来たら、すべてを焼き払って逃げるのだ」

そのための準備は、もうととのっていた。

徴税の記録類は、すべて一カ所に積み上げて、火を放てばいっきに燃え上がるようにしてある。

奉行所に備蓄してあった鉄砲五百挺と、弾丸、火薬、火縄などは、二十台の大八車にしっかりしばりつけてある。

芝山正親が積み荷の点検をしようと立ち上がったとき、突然、奉行所の門前に雷鳴がとどろいた。

正親が前庭に飛び出すあいだも、つづけて轟音がとどろく。

雷鳴でないことは、すぐにわかった。

「敵襲ッ!」

番兵が叫んだ。

「敵はどこだッ」

「本隊は見えませんッ」

「そんなことがあるかッ。よく探せッ」

番兵を叱りつけながらも、芝山正親は、内心すこし安心していた。

大筒ならば、音が大きいだけで、破壊力はなにほどのこともない。敵はこちらのようすをうかがって、遠巻きに無闇と撃っているだけだ。

まだ時間はある。敵が突撃してくるまえに、さっさと逃げることだ——

(火を放て)

そう命令しようとした瞬間、正親は自分の先入観がまちがっていたことを、激痛とともに思い知らされた。

奉行所の前庭で、あらたに炸裂《さくれつ》した至近弾が、正親の右腕を吹き飛ばしたのである。

堺奉行所の番兵たちは、あわてふためいて正親を戸板にしばりつけ、荷車にのせて岸和田方面に走り出した。

明石隊が伏兵を置いて待ちかまえていた。

「それ、いまぞッ」

明石全登が采配を一旋させると、百人の鉄砲隊が、荷車隊に銃弾を浴びせかけた。

第二波を浴びせるまでもなかった。

半数近い敵兵が道に斃《たお》れ、わずかに残った兵は、すべての荷車と奉行芝山正親の死体を置き去りにして、ほうほうのていで逃げ去ったのだった。


三好清海、伊佐の兄弟は、武器商人たちからの照準が合いやすく命中精度の高い新式銃を三千挺買い付けた。

堺の町衆たちは、豊臣家にしたがうことを誓い、秀頼の朱印を受けたいと願い出た。

茨木城の無血開城と堺での小さな戦闘の勝利が、大坂方全軍にもたらした喜びは、はかりしれないほど大きかった。

三

駿府の家康は、鷹狩《たかが》りの装束で、しずかに城を出た。

十月十一日のことである。

したがっているのは、わずか五百騎の旗本馬廻衆。

家康は数日前から、江戸詰め大名のおもだった者を駿府に呼び寄せ、

「即座に帰国して、出陣のしたくをせよ」

と、豊臣討伐《とうばつ》を命じている。

豊前《ぶぜん》小倉城主細川忠興《ただおき》の子忠利《ただとし》、三十五万九千石。

肥前《ひぜん》佐賀城主鍋島勝茂《なべしまかつしげ》、三十五万七千石。

土佐高知城主山内忠義《ただよし》、二十二千六百石。

阿波《あわ》徳島城主蜂須賀至鎮《はちすかよししげ》、十八万六千石。

豊後臼杵《ぶんごうすき》城主稲葉典通《のりみち》、五万石。

美濃《みの》八幡城主遠藤慶隆《よしたか》、二万七千石。

……などなど。

一万石以上の大名は、日本に約二百家ある。

そのすべてが、秀吉の生前は、豊臣家に忠節を誓っていた。

むろん、家康とて例外ではない。

秀吉が死んで、家康は人間が変わったかと思えるほど、徳川の天下統一に執念を燃やしている。

関ヶ原合戦で、家康を倒そうとした西国大名は八十七人。

そのうちの八十一人が、戦死するか、改易など処罰の対象となった。

なんの処分も受けなかったのは、わずか六人。

その六人は、家康に新恩《しんおん》を感じている。

いま、豊臣家に味方する大名はいない。

家康は日本のすべての大名を味方にしているのだ。

その余裕があればこそ家康はわずかの手勢に護衛させただけでゆるゆると出発したのである。

(ふん、大坂の小倅のために、道を急いだとあっ

ては、沽券《こけん》にかかわるわい)

家康は、そう思っている。

途中、家康は鷹狩《たかが》りをした。

鷹狩りは、一種の軍事演習である。勢子《せこ》を采配どおりに動かして、獲物を追い立て、鷹の鋭い爪に、獲物を襲わせる。

この日は、鶴《つる》が捕れた。

鶴の肉は、老人や病弱者のからだを温めるという。

鶴の肉で吸物《すいもの》をつくらせて食べていると、脚力《かくりき》が駆けこんできた。

家康は、豊臣家との合戦にそなえて、京都と駿府のあいだ一里おきに駅を設け、継飛脚《つぎびきゃく》を待機させている。京都の情報は、だれよりも早く家康のもとにとどくシステムである。その飛脚を、家康は脚力と呼んだ。


京都所司代板倉勝重からの手紙は、家康を激怒させる内容だった。

「読んでみろ」

謀臣本多正信が手紙に眼をはしらせ、生唾《なまつば》をのんだ。

「まさか……」

そこには、秀頼が、二万の軍勢を率いて出陣し、茨木城の門前で片桐且元を相手に無類の大将ぶりを見せたことが書いてあった。

忍びの者が見ていたのだろう、片桐且元が門を開いて秀頼を涙ながらにむかえた光景の描写まである。

「信じられませぬな」

「どうせ真田の入れ智恵であろうが」

「しかし、山崎まで進軍されたのはやっかいです。われらが京に入るには、どんなに急いでもあと八日はかかります。やつら、すぐにでも京を焼き、近江に出てくるでしょう」

「越前の松平はどうじゃ、間にあわぬか」

京にもっとも近く大軍を動かせるのは、越前少《しょう》将《じょう》松平忠直《ただなお》だ。

「なお数日が必要かと」

「彦根の井伊《いい》はどれぐらいの手勢がある?」

「ざっと四千人。すでに伏見城、膳所城に援軍を出しております。彦根城主直継《なおつぐ》は病気にて、このたびは弟の直孝《なおたか》が采配をふるいまする」

「直孝はいくつか」

「二十五歳でございます」

「ふん」

家康にしてみれば、どのみち孫のような若侍である。

もっとも、それは井伊家にかぎったことではない。

家康とともに戦場をかけた味方も、干戈《かんか》を交えた敵も、多くの者がすでにこの世にいない。家康としても、これが最後のいくさであることをひしひし感じざるを得ない。

(どうするべきか)

家康の頭がめまぐるしく回転している。

(まさか、秀頼が山崎まで出兵してくるとは)

淀殿が生きていれば、ぜったいにそんな危険なまねはさせないはずだった。

(京を取られるのはまずい)

家康の思考は、その課題の周辺をぐるぐる駆けめぐっている。

(淀が死んで、豊臣の動きは、おもいのほか機敏になった。あるいは、自分はおくれをとったのか……?)

そんな不安が鎌首《かまくび》をもたげる。

(彦根の井伊は自分を守るのにせいいっぱいか)

わずか四千の軍勢では、京へまで出陣するわけにはいかぬだろう。大津の膳所《ぜぜ》城でさえ救えるかどうか。

「前田はどうか？　加賀の前田は、すでに出発しておろう」

加賀前田家は百万石である。

一万二千の軍勢を率いて出立するとの連絡が入っていた。

「やはり、近江到着までには、なお数日かかりましょう」

「それでは京を守る軍勢はおらぬというのか。二条城などは、ひとたまりもないぞ。わずか千人の軍勢では三日と籠城できぬわい」

「まことに」

「そうだ、浅野じゃ。紀州の浅野にはやく出兵させろ。大坂方の背後をつかせるのだ」

本多正信は、横をむいて小さな咳をひとつした。

「浅野家には、豊臣内通の噂がございます」

「もとより浅野は秀吉の縁戚だ。そのような噂、おそらく真田がながしたものであろう。本多ともあろう男が、埒《らち》もない流言を気にいたしておるのかッ」

家康が立ち上がって本多正信を罵倒《ばとう》したとき、新しい脚力が駆けこんできた。

差し出された書状に目を通した家康は、奥歯を嚙《か》みくだかんばかりの憤怒《ふんぬ》をむきだしにした。

「堺を占領され、鉄砲をとられたのはやむをえん。しかし、浅野が病気をかこって出陣をしぶっておるとはなにごとだッ」

家康は、足もとにあった塗りの膳を蹴飛ばした。

すでに冷え切った鶴の汁が、干《かわ》いた地面に黒いしみをつくった。

四

真田隊は、山崎天王山を出発した。

秀頼公本隊七千は、そのまま天王山山麓の宝積《ほうしゃく》寺《じ》を本陣として駐留する。

大野治長《はるなが》は、片桐且元《かつもと》とともに本陣にとどまり、秀頼公を護衛し、各地の大名と連絡を取りつづける。

天王山を出発したのは――

真田幸村隊五千。

後藤又兵衛隊六千。

木村重成《しげなり》隊四千。

木村長門守《ながとのかみ》重成は、秀頼の乳母宮内卿局《くないきょうのつぼね》の息子で、秀頼と同じ二十二歳。美丈夫《びじょうぶ》で、大坂城の女たちの羨望《せんぼう》の的である。直参衆ばかりの部隊編成だから、行軍している姿は、まことにあでやか。しかし、なんといっても若く、これが初陣《ういじん》だ。

真田隊、後藤隊の行軍は、微塵《みじん》のゆるぎもない。関ヶ原で家禄《かろく》を失った牢人衆の編成だから、みんな戦場なれしている。甲冑《かっちゅう》や草鞋《わらじ》の紐《ひも》のしばりかたさえ、年季がはいっていて、たのもしげである。

沿道の百姓たちは、

「さすが真田の軍や、気合いがちがうわい」

「あれなら天下がとれるかもしれん」

と、ささやきあうほどだ。

馬上の幸村は、具足をつけていない。

山吹色の小袖に真紅の陣羽織をまとっているばかり。背に金色《こんじき》の太閤桐が光る陣羽織は、秀頼からたまわった。総軍の将のしるしである。

幸村は馬にゆられて旅をたのしむ風情《ふぜい》で、ときおり遠眼鏡を取り出しては、どこかを眺めたりしている。

真田隊は、赤備《あかぞなえ》の軍装を全隊統一して新調したのだが、なかには、

「新しい具足など弱そうでいかん」

と、道にころがってわざと汚してしまう足軽もいる。

物頭《ものがしら》（隊長）が叱ると、

「よいよい、きらびやかな具足だからといって勝てるわけではない。おのおのの気迫こそ大事じゃ」

と、馬上の幸村が笑った。

まず、第一の攻撃目標は、淀城《よどじょう》。

天王山からすぐ目と鼻の先、桂川、宇治川、木津川が合流する三角州にある。

交通の要衝《ようしょう》であるこの地には、室町時代のなかばから、守護大名畠山氏《はたけやまし》の城館があった。

京と大坂の境にあり、三河川の合流点。

しかも西には天王山、東には石清水《いわしみず》八幡宮のある男山《おとこやま》が迫る狭隘《きょうあい》の地。戦略的な重要性はきわめて高いといえる。

長いあいだ廃城となっていたのを、秀吉が、側室茶々《ちゃちゃ》の産所として改修した。

浅井長政《あざいながまさ》とお市の方《かた》の娘茶々は、この城にちなんで、淀殿とよばれるようになった。

生まれた鶴松《つるまつ》は、二歳で死んだ。秀頼は二番目の子だ。

淀城はいたって小さい。徳川軍管区のなかでは、伏見城の支城のあつかいになっているため、兵は

三百人しか駐屯していない。

ただし、石垣もあれば、堀もある。

小さいながら、天守閣もある。

「木村殿、攻めてみるか」

桂川の浅瀬を渡渉《としょう》しながら、幸村が初陣の重成にたずねた。渇水《かっすい》期のことで、水は馬の膝までしかない。

「願ってもないッ」

木村重成は、すぐさま馬に鞭《むち》をくれて駆け出した。

「搦《から》め手《て》（裏門）は、囲まず開けておかれよ。敗兵には、逃げ道がいるものぞッ」

幸村が声をかけると、

「承知ッ！」

と、振り向きもせず叫んだ。

木村重成は、兵を二隊に分け、左右両翼《りょうよく》から城に迫らせた。

城方が射撃を開始したが、数がしれているので、なにほどのことはない。

「火矢を射《い》こめッ！」

重成が叫ぶと、先頭の弓部隊が、つぎつぎと炎のついた矢を放つ。

数百本の火矢が、大手門と木造の櫓《やぐら》に火の手を上げた。

黒煙がもうもうとあがりだした。

「鉄砲隊、前へッ！」

消火に右往左往《うおうさおう》する城兵にむけて、鉛の銃弾が浴びせられた。

百人組鉄砲隊三隊が、三波におよんで、狙撃する。

敵兵の姿は、櫓に数十人。あとは鉄砲狭間《はざま》からのぞいている。

　第一波の射撃で櫓の敵がほとんどたおれると、第二波の鉄砲隊は、城壁の鉄砲狭間を狙って射撃した。

　ひとつの狭間に何発もの弾丸が撃ち込まれたので、城方の鉄砲兵のほとんどが負傷した。

「黒鍬隊《くろくわたい》、城門をやぶれッ！」

　重成の下知で、軽武装の足軽隊が飛び出した。現代でいう工兵部隊だ。

　黒鍬隊が、ますます炎を大きくしている大手門前に、厚い板で装甲した荷車を押して接近する。

　散発的に城壁からの射撃や弓がつづくが、本隊が援護射撃をする。

　大手門にとりついた黒鍬隊の二十人は、荷車から小さな壷を五個、慎重に降ろし、分厚い木の扉の前にならべた。

　黒鍬隊隊長の号令で、部隊がいっせいに堀のこちらに引きかえした。

「狙えッ！」

　重成が叫ぶ。

「撃《う》テェーッ！」

　鉄砲隊の筒先が火を噴き、門前にならんだ壷を炸裂させた。

　轟音！

　地面が揺れ、堀のこちら側まで爆風がおそう。黒煙が噴きあがり、大手門の屋根がかしいで見える。

　鉄の鋲《びょう》を打った分厚い扉が、ゆがんで傾いている。

「丸太を突っ込めッ」

　いつの間に切り出してきたのか、直径一尺（三十㎝）ばかりの丸太が十本荷車にくくりつけられたのが引き出されてきた。

台車にのった丸太が、数十人の足軽に押され、次第に速度を増した。

丸太はそのまま、土橋をわたり、ゆがんだ大手門に突進した。

地響きのような大音響とともに、分厚い門が、内側にひらいた。見事一撃で、かんぬきが折れたのだ。

「突っ込めッ！　いまだッ、突っ込めッ！」

木村重成は、声をかぎりに叫んだ。

「突撃だッ！　命を惜しむなッ」

足軽も騎馬武者も、真一文字に大手門をめざして殺到した。

先頭の足軽が大きく門を開くと、どっと城内に流れ込んだ。

そのようすを遠眼鏡で見守っていた真田幸村と後藤又兵衛は、顔を見合わせて、うなずきあった。

「どうやら、加勢の必要はなさそうですな」

「さよう。木村は若いがよい大将だ」

「では、打ち合わせどおり、われらは京を襲撃いたす。後藤殿は……」

「うむ、伏見の城を落としてくれよう」

「太閤殿下の隠居城《いんきょじろ》とはいえ、伏見城は堅城です。毛利勝永殿、大野治房《はるふさ》殿の後詰《ごづ》めがまいりますゆえ、あまり無理押しをなされませぬよう」

「いやいや、はやく近江に出て戦いたいもの。瀬田にて再会いたしましょう」

「ご武運をお祈りいたす」

「幸村殿も、八幡大菩薩のご加護を」

ふたりの大将は、声をかけあうと、右の伏見と左の京に分かれて軍勢をすすめた。

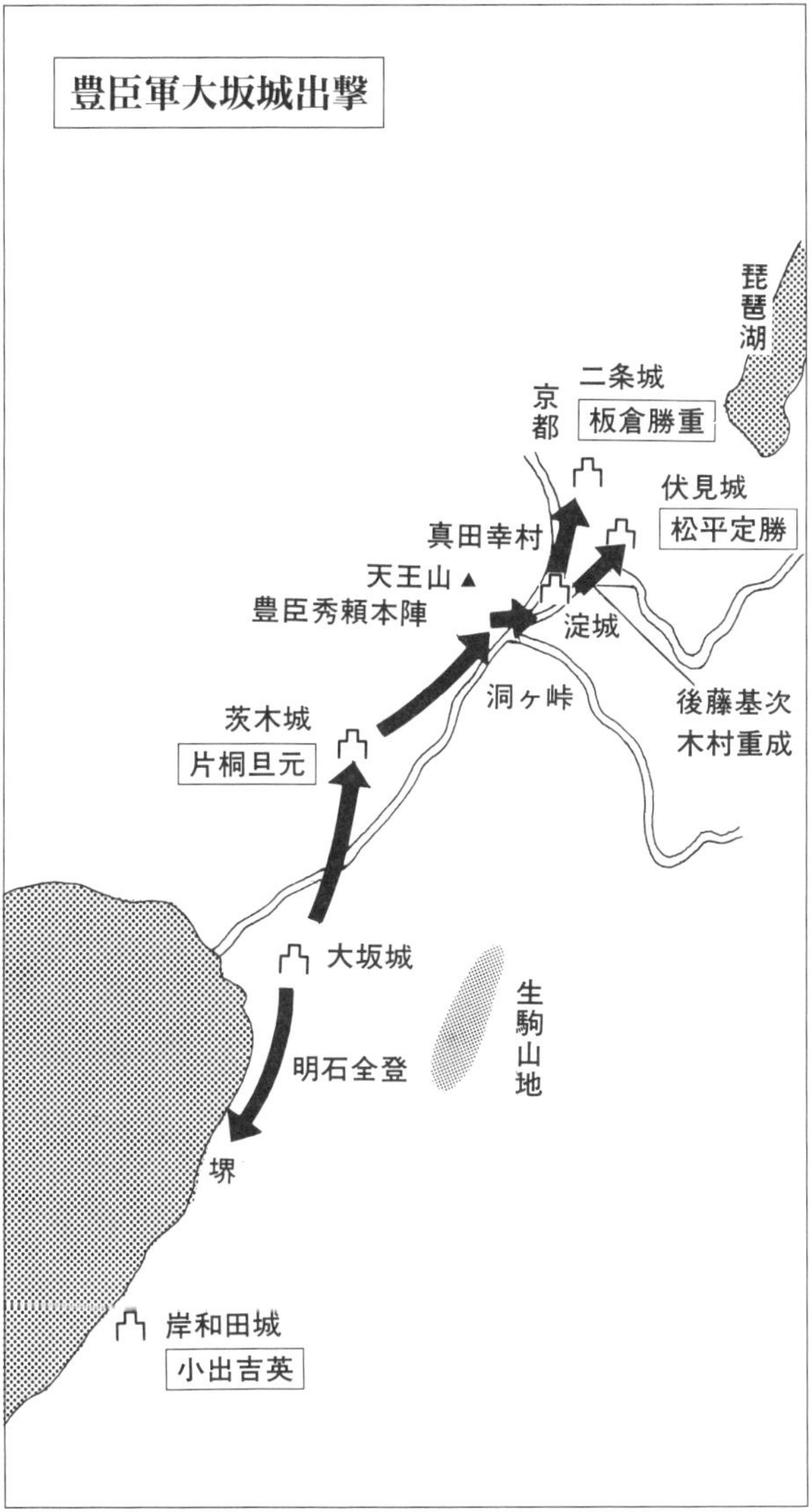
豊臣軍大坂城出撃
琵琶湖
二条城
京都
板倉勝重
伏見城
松平定勝
真田幸村
天王山
豊臣秀頼本陣
淀城
洞ヶ峠
後藤基次
木村重成
茨木城
片桐且元
大坂城
生駒山地
明石全登
堺
岸和田城
小出吉英

五

京の甍《いらか》は、冬と戦が迫っているとはおもえぬほどおだやかな陽光にかがやいていた。

いったいに、この街の住人は、よそ者を嫌う。

平安の王朝政権が、武家政権にとってかわられてからというもの、この街には、いくたの軍団が駆けこんできた。

「都に旗を立てる」

それが武家の棟梁《とうりょう》たちの夢であった。

都の人間にとっては、さぞや迷惑だったにちがいない。

どんな人間が権力の座につこうと、内裏《だいり》の暮らしには、さして変化がない。

季節の変わり目を言祝《ことほ》ぎ、日々の暮らしの単調さを歌にまぎらわす。

いま、徳川の世になって、三年前に禁裏《きんり》(御所)造営の作事がおこなわれた。

征夷大将軍になった徳川家康は、禁裏御用《きんりごよう》の責務をはたすことによって、武門の棟梁《とうりょう》としての座を確実なものにしようとしているかのようだ。

徳川の世になるならそれでよい。

世が平和に落ちついてくれるなら、それでよい。

なによりも、怖いのは戦《いくさ》だ。

こんどの徳川と豊臣の手切れでは、京の街が決戦場になるかもしれない。

ここ今出川《いまでがわ》の菊亭大納言《きくていだいなごん》の屋敷には、京の分限者《ぶげんしゃ》たちが、しきりに足を運んでくる。

「財産を御所であずかっていただきたい」

というのである。

いくら京の街が戦場になっても、まさか御所までは焼かれないだろうという希望的観測のもとに、大納言にすがりつくわけだ。

「そのこと、所司代の板倉が停止《ちょうじ》しよったでの」

停止さえなければ、菊亭大納言も、とりもつにやぶさかでない。なにがしかの口きき料が期待できる。

菊亭屋敷には、その名のとおりどの庭にも菊が植わっている。

先月は匂《にお》いたつほどに咲き誇っていた菊も、もはや遅咲きの何本かが残るばかり。

「お客さまがおみえです」

「御所への財産委託のことなら、無理じゃというておろうに、断れ、断れ」

「いえ、大坂のお方です」

舎人《とねり》がさがるまえに、廊下に足音がひびいた。

「はて、無礼な……」

案内《あない》もまたずに、勝手にあがってくる客など、あるものではない。

ただ、その足音はみょうに親しげで、規則正しく小気味よい歩調は、聴いているだけで気持ちがよかった。

「ごぶさたいたしております。幸村にて候《そうろう》」

さっとあぐらをかいた男は、真田幸村。

大納言とは久しぶりの対面だ。

以前に会ったのは、まだ幸村が二十代。大坂城で太閤秀吉に近侍《きんじ》していたころ、何度か席を同じくしている。

「まことにまことに」

大納言は癇《かん》の強い男だったが、どういうわけかこの甥《おい》だけは以前から腹が立たない。

先代大納言晴季《はるすえ》の娘寒松院《かんしょういん》は、信州真田郷の昌幸に輿入れして、信幸と幸村を生んだ。

目のまえの大納言は寒松院の兄。つまり、幸村にとって伯父《おじ》である。

「京にきたのか……。九度山村を抜け出して大坂にはいったという噂は聞いておったが」

「板倉殿からですか?」

「さよう。そちを徳川にむかえたいというておったわ」

「それはありがたきしあわせ」

「ほっほほほほ、その気もないくせに」

大納言は、小さなあくびをひとつして、幸村の顔を眺めた。

潑剌《はつらつ》と精気のみなぎった人間がそこにいる。

「そのほうは、むかしとちっとも変わらぬの。どのようにすごせば、それほど生き生きとしておられる。麿《まろ》などは、いつも気怠《けだる》くていかん」

「ならば、合戦のひとつもなさってみられてはいかが?」

「たずねるでなかったわ」

「お教えせぬほうがようございましたな」

伯父と甥は、声をあげてわらった。

「きょうはまたなに用じゃ」

「されば、秀頼公のこと」

いきなりやっかいな話がもちだされたので、大納言は露骨に当惑顔になった。

「関白《かんぱく》にしていただこうと思っております」

大納言がひきつけを起こしたように目をむいた。

秀吉が関白になれたのは、先代大納言晴季《はるすえ》の朝廷工作の成果だった。

あのときの豊臣家といまの豊臣家では、まるでちがっている。

「できる相談でないのは、そこもとにもようわかっておるじゃろう」

徳川家康が許すはずがないのだ。

「むろん、いますぐにとはもうしません」

「といってもの」

大納言は、鼻のしたの薄い髭を指でなでた。

「江戸と大坂はどうなる見込みであるか？」

「本日、わたしは五千の兵をつれて上洛いたしました」

「兵を！」

幸村は、あいかわらず甲冑をつけず、山吹の小袖姿だ。京にはいってからは、陣羽織も脱いでいる。

まさか兵を率いての上洛とは、大納言も思っていなかった。

「すでに茨木城の片桐且元は城を開いてふたたび豊臣家に帰参。いま、後藤又兵衛が伏見の城を攻撃しております。これから、京、近江で戦がはじまります」

大納言の眉間に深い皺がきざまれた。

「京の街は、焼いてくれるな。戦など、よそでやってたもれ」

「公卿《くぎょう》屋敷や町屋は焼きませぬ。焼くのは城だけ」

「ぜひにもそうしてくれ」

「関白のこと、お考えいただけますか」

「さて、たいして力になれるとはおもえぬが」

「豊臣が徳川に勝てばいかがでござる。家康の首、秀忠《ひでただ》の首をあげればッ」

幸村の声に、力がこもった。

大納言がたじろぐ。

「そうなれば、風向きも変わるであろうが……」

「それでけっこう。きょうのところは、ご挨拶でござる。しばし、京をさわがせますゆえ、ご辛抱ください」

頭をさげると、幸村はさっさと立ち上がって出ていった。

幸村のいた場所には、山吹色に輝く大判が、何枚も重ねて積んであった。

「つむじ風のような男よ」

大納言は、廊下を遠ざかっていく幸村の足音を聞きながら、つぶやいた。


二条城は、京の中心部にある平城である。

もともとは、平安京の内裏があった場所。そこに、関ヶ原合戦の翌年、家康が城をつくった。

ちなみに、明智の乱のさいに、織田有楽がいた織田家の二条城は、もうすこし北東にあった。この城館は炎上して跡かたもない。なにしろ、明智の乱は、三十年以上もむかしの話だ。

徳川の二条城は、東西五町（五五〇m）、南北四町（四四〇m）、ほぼ正方形に近い形をしている。

家康は、この城を京都公館としてつかい、征夷《せいい》大将軍の宣下《せんげ》もこの城で受けた。

ここに京都所司代があり、板倉勝重がいる。

城兵は一千。

堀と石垣があるが、けっして要害のよい城ではない。

平攻《ひらぜ》めに攻めて、落とすのは簡単だ。しかし、できるだけこちらの兵を損耗《そんもう》させたくない。

「さて、どう攻めるか」

幸村は、ひとまず兵に、二条城を遠巻きに囲ませた。

板倉勝重は、家康の官僚のなかでは、いたって徳と才にあふれた人物だといわれている。

京都所司代の職務は、東海・関東地方に基盤をおく徳川政権にとって、関西のすべてを統括する重職であるが、

「事ひとつとして延滞《えんたい》なく、物ひとつとして廃欠《はいけつ》なく、天下みなこの能を称せずという者なし（褒めない人はいない）」

と、『藩翰譜《はんかんぷ》』で新井《あらい》白石《はくせき》が絶賛するほどの能吏である。

経歴がいささかかわっている。

三河の生まれだが、幼いころ寺に入って、三十六歳まで仏門にいた。実家を継いだ弟が戦死したため、還俗《げんぞく》して侍にもどった。

片田舎で三十年ものあいだ経ばかりあげていた男が、突然侍になったのである。

駿府の町奉行、関東代官、小田原地奉行、江戸町奉行、京都町奉行をつとめたのち、京都所司代職に抜擢された。

それまで知行は二千石にすぎなかったが、このときいっきに二万石に加増され、譜代大名に出世した。

この板倉が、京にいて大坂を監視している。

豊臣家がひそかに牢人を集め、兵糧米を確保しようとしていた時期、大坂の蔵屋敷にあった徳川の五万石の米が、大坂城に取り込まれてしまいそうな動きがあった。

板倉勝重は、さっそく大野修理に申し入れをした。

「豊臣家は戦の準備をしているという噂だが、もし本当ならば、蔵米はさしあげよう。事実でないなら、即刻お返しいただきたい」

大野修理は、返答に窮して米をすべて返した。あっさり一本とられたといってよい。

板倉勝重は大書院にいた。

「囲まれたか」

秀頼が山崎に出陣し、真田軍が京に進撃しているとの情報は、すでに、板倉勝重のもとに届いていた。

むろん、戦闘準備はできている。

（なぜ京を焼かなんだのか？）

戦術の常識からいえば、真田軍は京の町を焼いてから二条城を囲むべきである。町を混乱させ、黒煙にまぎれて城を攻めるのが、効果的な攻城作戦だ。

（戦を知らんのか）

と、考えもしたが、

（真田のこと、なにか秘策があるやもしれぬ）

と考えなおした。

「半蔵はおるか」

勝重は、忍びの半蔵を呼んだ。

真田隊は夕闇が迫っても、無言のまま二条城を包囲しつづけている。


「佐助はおるか」

幸村は、六文銭の幔幕《まんまく》をめぐらせた本陣のうちに、忍びの佐助を呼んだ。

すでに、侍大将たちがそろっていた。

「はっ、ここに」

「今宵、城内に忍び入り、火を放て。配下の者五十人ほどもつれて、あちこちでいっきに火の手を上げるのだ」

「子《ね》の刻（深夜〇時）に、われらが大手門に火筒で砲撃をしかけるゆえ、その隙に侵入なされよ」

飛び火筒三挺をあずかる先陣大将海野六郎は、はやく実戦で試してみたくてうずうずしている。

夜間の城攻めは、危険が多く、戦術的にめったに採用されることはない。しかし、だからこそ、成功率が高いともいえる。

「いっぱい燃やせよ。同士討ちせずにすむようにな」

穴山小助が笑いながら念を押した。

「われらは、左右、背後の三方から堀に小舟を浮かべ、梯子《はしご》をかけて石垣をよじ登ります。あの程度の高さなら、すぐに越えられましょう」

遊軍大将筧十蔵が進言した。

「いや、それはいかがなものか、足軽どもが敵の餌食になりもうすぞ。いかに大手門を攪乱《かくらん》するとはいえ、敵が左右背後の警戒を怠るはずがない」

後備大将の望月六郎は、精悍な顔に似ず慎重な男だ。

「しかし、早く足軽が入らねば、忍びの者らが全滅してしまうぞ」

「そんな心配ならご無用。われら、自分の身くらい、自分で守りもうす。いちばん手薄な北門をまず開けましょう。鉄砲と弓で大手門を射掛けて注意をそらせていただけますか」

「では、大手門はそれがしの部隊におまかせあれ」

前備大将の根津甚八が進み出た。

「それがしも助勢いたす」

殿軍大将の由利鎌之助。

「よし、それでは夜にそなえてみんな寝ておけ。どうせ城方は打って出て来たりはせぬわ。板倉はそんな間抜けな男ではない」

幸村は、緋毛氈《ひもうせん》のうえにごろんと横になると、すぐにすやすやとおだやかな寝息を立てた。

「決戦は今宵《こよい》。夜半に攻めてくるであろう」

板倉勝重は夕餉《ゆうげ》の湯漬《ゆづ》けを食べおえると、御殿大広間の脇息にもたれかかった。

老人勝重に、甲冑は重い。勝重は家康より三歳上だ。床几《しょうぎ》にすわり続けているだけで、ひと仕事だった。

この二条城は障壁画《しょうへきが》が豪華で美しい。ふすまから高い天井まで一面に金箔《きんぱく》を貼り、大胆な構図で松や竹林、孔雀《くじゃく》、鷲《わし》、虎などを描いたのは、狩野《かのう》探幽《たんゆう》である。

半蔵には、さきほど家康宛の書状を託した。それは、最後の報告になるかもしれなかった。

広間の床几にすわった侍大将たちは、さきほどから出撃を主張している。

「敵はわずか五千。われら一丸となって飛び出し、蹴散《けち》らしてくれましょう」

勝重の長男重宗《しげむね》がいう。

「五千の敵に千人の兵で飛び出してどうなる」

老人は、しずかに反論した。

「しかし、籠城しても、この城はとてものこと守りきれますまい。二条城の守りの弱さは、父上が一番よくご存知のはず。それよりも飛び出して華々しく闘《たたか》えば……」

「城というのはな、武士が花を咲かせるためにあるのではない。討たれても討たれても、なお生きるためにあるのだ。死に急いではならん」

「それではあまりに消極的ではありませんか」

「撃《う》って出れば、武士としては華々しいかもしれぬ。しかし、それだけ城の滅びるのが早くなる。どんな形となっても、一日でも半日でも残って、敵をひきつけて防ぐのだ。それが捨て城の運命よ。

そのあいだに、本隊の戦支度がととのう。伏見城の鳥居元忠《とりいもとただ》殿を思ってみよ」

鳥居彦右衛門元忠《ひこえもんもとただ》は、慶長五年（一六〇〇）の関ヶ原合戦当時の伏見城守備隊長である。城兵は千八百。

徳川軍が会津征伐に出陣しているあいだに、大坂で石田三成が挙兵した。

毛利、島津、長宗我部の軍勢四万が、伏見城を囲んだのが七月十九日の夕刻。

鳥居元忠は、敵の二十分の一にも満たない守兵しかいないというのに、獅子奮迅《ししふんじん》のはたらきをして、八月二日の夜明けまで城をもちこたえさせた。

勝重はそのことをいっている。

「しかし、伏見城とこの二条の城では、構えがまるでちがっております。とてものこと、この城では……」

重宗《しげむね》がそういうのもむりはない。

伏見の城は桃山の丘陵上にあり、石垣も高く、本丸、西ノ丸、三ノ丸、治部少輔丸《じぶしょうまる》、名護屋丸《なごやまる》、松ノ丸、太鼓丸の七つの曲輪《くるわ》が、有機的につながって、防御、攻撃が機能的におこなえる構造になっている。

市中の公館でしかない二条城とは、まるで縄張りがちがう。

そもそも家康が二条城を堅固な要塞にしなかったのは、いったん敵の手に落ちても、すぐにとり返せるようにだった。もともと捨てるための城なのである。

「同じことよ。死に場所に花をもとめるな。おぬしの死んだところに花が咲くのだ」

勝重のことばに、居ならぶ三河武士たちは、頭を垂《た》れた。

子《ね》の刻《こく》（午前〇時）。

佐助は、闇にひそんで二条城の北門を見つめていた。

この方面に、真田兵は配置されていない。

真田軍の主力は、東正面の大手門と、南の神泉《しんせん》苑《えん》においてある。

北は囲みをあけたかっこうだ。

根津甚八と由利鎌之助は、それぞれ手兵六百に大手門を攻撃させ、佐助らが北門を開いたらすぐ駆けつける手はずになっている。

月はすでに沈んでいて、闇がねっとり重い。

京の町にめずらしく北風が吹いていた。

（火がよく燃えるぞ）

佐助は、堀端の闇で忍《しの》び舟《ぶね》を組み立てた。

忍び舟は、縦一尺（三十㎝）、横と高さ五寸（十五㎝）の箱に入った組み立て式の小舟である。

革《かわ》つづらを浮き袋にした筏《いかだ》。

またがって水搔きのついた足駄《げた》でこぐ水蜘蛛《みずぐも》。

忍びは、五人ずつ十組に分かれ、おのおの用意の方法で堀をわたる。

闘いの前は、佐助ほどの手練《てだ》れでも、胃の腑《ふ》がきりきり痛む。

夜の静寂が重くのしかかる。

城壁の銃眼に城内の篝火《かがりび》が赤く見える。

大手門の方向で爆発音がとどろいた。

佐助が合図をするまでもなく、忍者たちの群が、音もなく堀に小舟や筏をうかべた。

板で水をかいて進む。

すぐに石垣に貼り付いた。

「監視を怠るな。こちらからもすぐに仕掛けてくるぞッ」

城内で叫び声がする。

篝火が高々とかかげられ、堀が明るく照らし出された。

「忍びがいるぞッ！　撃《う》てッ、鉄砲隊、早く！」

その声が終わらぬうちに、佐助は鉤縄《かぎなわ》を投げた。

ガシッとしっかりした手応《てごた》えがあった。

ビシッ！　ビシッ！　と、銃弾が佐助のすぐ脇の石垣に着弾して、石の破片が頬《ほほ》を切る。

縄を力まかせにたぐり、城壁の上まで一気に登りつめた。

城兵が佐助に弓を向ける。

「ハッ！」

気合いをこめて、佐助は空中を高く跳躍した。

矢が佐助の足下をかすめた。

空中で背中の忍び刀を抜き、着地と同時に足軽を二人切り伏せた。

そのまま駆けだし、正面の二ノ丸御殿をめざした。

何人かの足軽が追ってきたので、煙玉《けむりだま》を投げつけ、身をひるがえして木立の闇に紛《まぎ》れ込んだ。

闇づたいに二ノ丸御殿に走り寄った。

大きな御殿だ。

周囲に番卒《ばんそつ》はいない。

縁側にとびあがり、障子に菜種《なたね》油をまき散らす。

打竹《うちだけ》から火種《ひだね》を取り出し、点火する。

パッと炎があがった。

すぐに障子が燃え上がる。

炎は見る間に大きくなり、欄間から天井まで燃えだした。

きびすを返して、さきほど侵入してきた北の城壁にむかう。

「二ノ丸御殿が燃えているぞ。火を消せッ！」

途中、何度もそう叫んだ。ふり向くと、御殿の空が赤かった。

北門を守っている足軽たちに動揺がひろがる。城外からも火の手が見えたのだろう。根津甚八と由利鎌之助の部隊が、北門への射撃を開始した。

城兵は、みな鉄砲狭間にとりついて応戦している。

門の内では、三間（五・四m）ある長柄槍《ながえやり》を持った足軽が五、六人、警戒にあたっている。

佐助が門内の篝火《かがりび》を蹴り倒した。

ほとんど同時に、佐助の配下が十人ばかりも、足軽に飛びかかって、喉笛《のどぶえ》を切り裂く、突き伏せる、なぎ倒す。

太いかんぬきを抜き、城門を開いた。

根津甚八、由利鎌之助の部隊が、大きな雄叫《おたけ》びとともに城門に群がり押し寄せる。

城壁の守備兵たちが、こんどは門内の真田兵に射撃を開始した。

門内に押し寄せた軍勢に向けての射撃だから、弾ははずれることがない。根津隊、由利隊の兵が何人も斃《たお》れた。

しかし、それは最初の一発だけである。

弓も最初の一矢だけ。

鉄砲隊には二発目の弾丸を込める余裕がなかったし、弓隊には二本目の矢をつがえる暇がなかった。

根津隊の狙撃兵が、正確な射撃で徳川兵に弾丸を撃ち込んだからである。

「大手門が開いたぞッ！」

叫び声があがると、生き残った城兵は浮き足だって逃げ腰になった。

大手門の方向から大きな喊声《かんせい》がどよめいて城を

ゆるがす。

　二ノ丸御殿がすさまじい音とともに炎を噴きだし、都の夜空を紅蓮《ぐれん》に染めた。桧皮葺《ひわだぶ》きの屋根に火がうつり、すさまじいばかりの火の粉が天に舞い上がった。

　根津隊、由利隊の兵に戦闘をまかせた佐助は、数人の配下とともに大きな黒松の枝に登って、二条城炎上の図を見物した。


　翌朝、まだ煙をあげてくすぶっている御殿の焼け跡から、板倉勝重らしい焼死体が発見された。

　この三河の老武士は、腹を縦横十文字に切り裂き、見事に自害し果てていた。

第四話
真田軍近江《おうみ》出撃

一

京の粟田口《あわたぐち》を出てわずか二里(八km)、東海道がゆるやかな逢坂山《おうさかやま》を越えると、すぐに琵琶湖が見えてくる。

山に囲まれた京とちがい、近江《おうみ》は空が広い。

馬上の幸村は、まだ山吹色の小袖を着流したままで、いっこうに甲冑を身につけるつもりはないらしい。

真田軍の先陣大将海野六郎が、馬をかえして幸村のところまでもどってきた。

「瀬田の唐橋《からはし》は、膳所《ぜぜ》城の兵約百名が守備しております。まもなく増援軍も出撃のもようッ!」

膳所城は、瀬田の唐橋から半里(二km)北、琵琶湖に突き出た典型的な水城《みずじろ》である。

琵琶湖の水運を制する目的で設置された城だけに、船入り(港)や船屋敷がたくみに配された縄張りで、船をもたない真田軍にとっては、はなはだやっかいな城だ。

城将は膳所三万石戸田氏鐵《とだうじかね》。

城兵は八百名。

「膳所城には、彦根城の井伊兵一千が応援に入城しております」

「あの城に二千近い人数は、ちとやっかいだな」

幸村がつぶやいた。

いくら瀬田の唐橋を焼き落として近江を南下してくる敵を防いでも、膳所城が楔《くさび》のように残っていれば、横ざまから二千の兵で脅《おびや》かされる。

膳所城は本丸に白亜《はくあ》三層の天守閣をもち、湖水にうかぶ姿はまことに美しい。本丸に通じる木造の橋を落とせば、完全な独立要塞となる。二ノ丸の堀は船入りをかねて広く、三ノ丸の堀もたっぷりと幅がある。

この城は、関ヶ原合戦翌年の築城だから、幸村はまだ見たことがないのだが、佐助が届けてくれた絵図面で、城の縄張りはしっかり頭脳に刻まれている。

物見に出ていた佐助が馬で駆けもどってきた。

「ご苦労であった。彦根城はどうだ」

幸村がたずねる。

「さかんに物見《ものみ》をはなっていますが、いまのところ本隊出撃の気配はありませぬ。突然、二条城が陥落したため、京、大坂方面の情報収集にやっきになっているようです」

「ふむ。気がかりなのは、越前の松平忠直《ただなお》だな」

「おそらくいちばん早く近江へ姿を見せるのが忠直の一万人の部隊でしょう。大垣の石川忠総《ただふさ》、加納《かのう》の松平忠昌《ただまさ》らは、家康から居城守備の命令を受けたもよう」

万が一、豊臣軍が近江から関ヶ原を突破して美濃にまで出撃した場合、大垣や加納の城は、家康にとって大切な防衛陣地となる。用心深い家康は、それも計算しているはずだ。

「越前松平隊の到着には、何日かかる」

「はっ、三日はかかりますまい」

「それまでに、膳所と彦根に、一泡吹かせたいところだ」

「されば、今宵のうちに膳所城を陥落させてはいかがでござるか」

いつの間にそこにいたのか、忍びの才蔵が海野六郎や佐助といっしょに馬をならべていた。

「あっはっはっ、女でも転ばせるように簡単にいいよるわ」

海野六郎が大声でわらった。

佐助は真顔だ。

「また、あやかしの術をつかう気か」

「あれは、大勢の城兵につうじる術ではない」

「できるなら、膳所城の船を押さえ、それで彦根城に攻撃をかけたいものだ」

幸村が、白鹿毛の愛馬虚空蔵《こくうぞう》の首をなでながらいった。

「最上の策でござるな」

と、穴山小助。

「いともたやすいこと」

と、才蔵はなんでもないことのようにいう。

「わずか三日のうちにそのようなことができたら、おれは、琵琶湖の水をぜんぶ飲み干してやるよ」

海野六郎が豪快にわらう。

「その約束、かならずお守りくださるな」

「おおっ、二言はないッ！」

「されば、みなの衆、あの松の木のところで、ちょっとお耳をお貸し願いたい」

才蔵が指さすと、まっさきに松の木にむかって駆け出したのは、幸村だった。

海野六郎は、なんとなくおもしろくない顔で、みなのあとにしたがった。

家康が「二条城陥落」の報に接したのは、浜松の城に入った夕刻である。

「真田が落としたか……」

「わずか五千の兵にやられるとは、板倉も不甲斐ない」

と、本多正信。

板倉勝重を京都所司代職にとりたてるよう推薦したのは、ほかでもない正信自身だった。

城攻めは、最低五倍の兵力でおこなうのが常識だ。

力攻めにするなら、十倍の兵力が必要だとされている。

真田軍は、わずか五倍の兵力で力攻めで一夜のうちに落としたのだから、その武略は〝日本一の弓取り〟の名に値するだろう。

むろん、佐助たち甲賀《こうが》忍者の力があればこそだ。

板倉勝重最後の書状を浜松までもってきたのは服部半蔵《はっとりはんぞう》だ。

伊賀忍者の頭目服部半蔵は、徳川十六将にかぞえられるれっきとした武将である。

かつて、明智の乱のさい、堺にいた家康に伊賀の山越えをさせて三河に送り返したのが縁となって、徳川の扶持《ふち》をはみ、伊賀組同心を支配する身となった。碌《ろく》は八千石。

それが先々代の服部半蔵正成《まさなり》である。

二代目の半蔵正就は、ゆえあって改易となった。

いまここにいるのは、三代目半蔵保正《やすまさ》。

初代正成とは別族の服部だが、伊賀者たちをまとめるのがたくみなので、家康から重用され、代々《だいだい》名《な》で半蔵と呼ばれている。

「甲賀の乱波《らっぱ》どもが、二条城落城をさかんに宣伝してまわっております」

半蔵としては、おもしろくない。

実際、佐助配下の忍び四十八組は、そのように喧伝し、豊臣家勝利の運気を日本中に見せようとしている。

ときによって、噂《うわさ》は人の心を大きく揺りうごかして、世の中にエネルギーのうねりをつくる。

「伏見城はどうだ」

「攻め手は、後藤又兵衛隊六千と木村重成隊四千、それに、後詰めとして毛利勝永隊七千、片桐且元隊三千が参着しましたゆえ、合計一万九千人。援軍のないかぎり落城は時間の問題かと」

伏見城は、まさに関ヶ原合戦の二の舞を踏もうとしている。

「片桐め……」

本多正信が口をきたならしく鳴らした。

「策士、策に溺《おぼ》れるとはこのことよ。本多の失策じゃ」

家康は、露骨に不快な顔になった。

もともと、片桐且元を大坂方の裏切り者に仕立て上げ、徳川の味方につけたのは、本多正信だった。その片桐に裏切られたのだから、だれに文句のいえる筋合いでもない。

「どうする、本多。これから、どう戦うか。近江で決戦するか。いま一度、関ヶ原で決戦となるか」

家康は、自分の意見があっても、まず人にいわせる癖がある。

「されば、真田は当方の攪乱《かくらん》が目的。こちらが大軍勢をくりだせば、すぐさま大坂の城に籠城いたしましょう。それをじっくり包囲して料理する基本方針には、なんの支障もないかと存じまする」

「であろうな。おもしろくもない」

家康の目的は、完璧で圧倒的な勝利にある。

豊臣家を地上から完全に抹殺して、徳川政権を確たるものとするには、それが必要だった。まごまご戦っていれば、どこでどんな動きが勃発するかわからない。

「大名たちはどうだ。豊臣に内通するものなどはおらぬであろうな。紀州の浅野と岸和田の小出はどうした」

「はっ、いまだに城を出ておりませぬ。堺を制圧した明石全登が、なにやら工作しているもようです」

「ふむ、山陽道はどうか。池田利隆は、すでに兵を出したであろうな」

「出陣いたしましたが、大野治房、治胤、千石宗《せんごくむね》也《なり》、稲木右衛門《いなきうえもん》らの一万五千にはばまれております」

「大和は？　まもなく藤堂高虎が着くであろう」

「長宗我部盛親、新宮行朝らが二万の軍勢を率いて向かいました」

「真田が近江に出て、京があいておるな」

「すでに、槇島玄蕃昭光《まきしまげんばあきみつ》が五千の兵を率いて制圧しております。内裏は、秀頼親衛隊の速水時之《はやみときゆき》が、一千人を連れて警護にあたっております」

まさに電工石火のごとき大坂方の出陣であった。畿内は完全に豊臣家の制圧下にあるといってよい。

矢継ぎ早に問いをくりだした家康の顔が、敵の内情をおもんぱかって、怪訝《いぶかし》げになった。

「しかし、それでは大坂は……」

「さよう、大坂城はがら空きでござる。武将どもが編成した軍団は、牢人、足軽のなかでも精鋭の者ばかり。城には年寄り足軽、小者、人足などがなお四万人残り、要塞化工事や兵糧搬入にはげんでおります」

「秀頼が山崎にいて、大坂城の指揮はだれがとっておる」

「はっ」

と、返事をしたきり、半蔵はしばし沈黙した。

「だれか？」

「織田有楽斎でござる」

「あのたわけは、追放されたのではないのか」

家康と正信が、同時に同じことをいった。

「城に帰った仔細《しさい》はいま調べさせております」

「有楽につなぎはつくのか」

「いえ、いまのところはまだ。なにしろ本丸天守に陣取っていますので」

「有楽が城にもどったのなら……」

家康と正信は、また同じことをつぶやいた。

淀殿の支配下ではきわめて動きのにぶかった大坂方が、ここまで軍陣の早業を見せるようになったいま、織田有楽斎は、大坂城を突き崩すかっこうの糸口に見えてくる。

二

真田幸村と息子の大助、忍びの佐助、それに海野六郎らの侍大将が、松の木のしたで円陣にすわると、忍びの才蔵が切り出した。

「膳所城は水城じゃ。水の気を制するのは、火と風じゃ」

「火矢は通用せんぞ。本丸まではとても届かん」

と、海野六郎。

「水には、油じゃ」

「わけのわからぬことを」

「燃える水もある」

「頭でもおかしゅうなったか」

「いや、待て。燃える水のこと、太閤殿下からうかがったことがある。越後で産するのだ。献上された分が、たしか大坂城の地下蔵にしまってあるときいた」

と、幸村。

「その燃える水三百樽、すでにこの地に運んでござる」

「なにッ！」

一同が膝をのりだした。

「城の蔵から持ち出すには、大野修理の印判がなくてはかなうまい」

「そのようなもの、いくらでもつくれるわ」

「おまえという男はッ」

海野六郎は正義感が強い。いくら作戦上でも、曲がったことは許さないたちだ。

「忍術は偸盗《ちゅうとう》（盗み）術じゃと幼いころから教えられて育ったでな」

「よい。それで、その三百樽の燃える水でどうする」

「さいわい比良颪《ひらおろし》が吹く季節」

琵琶湖の西に連なる比良連山からは、冬になると冷たい季節風が大津方面にふきおろす。そろそろ、そんなものが吹く季節なのだ。

「風上で燃える水を流し、膳所城にかかる手前で火をつければ、風にあおられて城は丸焼けよ。燃える水の炎は、大きいぞ。天守くらい、あっという間に呑みこんでしまうわ。佐助、炎におどろいて、船を盗りはぐってはなるまいぞ」

「それはかつてない城攻めの策だ。見ものだわ。さぞ壮観であろう」

穴山小助は手を打ってよろこんだ。

「されば、さっそく手配いたしましょう」

望月六郎が立ち上がった。

「火事は夜のほうが大きく見えておそろしいぞ。船もそのほうが盗りやすい。準備だけしておいてくれ」

才蔵は、自分の策がことのほか気にいっているようだ。

「ふふふ、今宵も夜働きだな。では、わしは、この松の木の下で昼寝でもいたすとしよう」

幸村はもう松の幹にもたれて腕を組み、目を閉じたので、近従の者らが、あわてて風よけの幔幕を張った。

六文銭の旗と唐人笠《とうじんがさ》の大馬標が立てられ、ここが幸村の本陣となった。

「それでは、われらは唐橋でひとはたらきいたすか」

根津甚八が立つと、筧十蔵と由利鎌之助も一緒に立ち上がった。

「さようだな。こんなところで停まっておっては、なにか奇策があるかと勘ぐられてしまうぞ。すこし小あてに戦を仕掛けてみよう」

筧十蔵は余裕たっぷりだ。

「それなら、それがしにぜひとも先陣をかざらせてください」

いきおいこんだのは、まだ十五歳の真田大助。一昨日の二条城戦が初陣だったが、今日はなんと一番槍をねらうつもりだ。

「おおっ、それはすばらしい。大助殿の武者ぶり、ぜひとも拝見つかまつりたい」

彼らは、騎馬武者ばかり五百騎を連れて、瀬田川の唐橋に迫った。

琵琶湖には大小あわせて四百本の河川があるが、

すべて琵琶湖にそそぐ川で、琵琶湖から流れ出しているのは、南端の瀬田川一本だけである。

だから、比良颪《ひらおろし》が吹かなくても、燃える水を大津で湖上に流せば、自然、南の膳所をめざして流れてくる。

朱塗りの欄干が美しい唐橋の前には、柵が築かれている。

さきほどの海野六郎の報告では、百人ばかりの兵ということだったが、膳所城から援軍が到着していた。

総勢八百人の兵がこちらをにらんでいる。

鉄砲も二百挺はありそうだ。

騎馬武者が二百騎。

あとは弓、槍の足軽があわせて四百。

根津、筧、由利、大助は、唐橋から三町（三三〇m）のところにとどまった。

火縄銃の射程距離は、最高五町。あるいはもう少し飛ぶが、敵に傷を負わせられるのは、せいぜい二町以内。

確実に殺傷できる距離は一町。

射撃戦は、殺傷距離にはいってからはじまる。

それまで、じりじりするような対峙がつづく。

気の小さい男など、このにらみ合いだけで神経がまいってしまう。

「さて、どう料理する」

と、筧十蔵が、尖《とが》った鼻の先をなでた。

「じつは、騎馬の連中に騎乗射撃をさせてみたいと思っておったところ。ちょうどよい機会だ、実戦演習させていただこう」

と、鉄砲と馬が得意な根津甚八。

「おおっ、奥州伊達家《おうしゅうだて》にあるという騎馬射撃隊が真田にもできるか、これはおもしろい」

由利鎌之助は、声が大きい。

「いやいや、大坂から行軍しながらのにわか訓練ゆえ、それほどなことができるとは思っておらぬ。しかし、馬に乗りながら鉄砲が射てれば、作戦はずいぶん柔軟に展開できるぞ」

「飛び火筒も撃ってくだされッ！」

一同がふりかえると、三好清海、伊佐の兄弟ではないか。

「堺の片がつきましたゆえ、明石殿の許可をいただいて帰参しました」

兄弟は、それぞれ肩に、黒光りする飛び火筒をになっている。

「われらが馬に乗れればよいのですが、ちと馬が気の毒でしてな」

清海が太ったからだをゆすってみせた。

「どなたか騎馬と射撃の名人に、ぜひとも試していただきたい」

「それなら、おれが試してみよう」

根津甚八が火筒と弾を受け取った。

「これは、明石殿の分をもってきたのか」

火筒はなんといってもまだ本数が少ない。明石隊の分をもってきたとなれば、戦力をおおいに減じてしまう。

「いえ、真田隊の分です」

「ならば、遠慮なくつかわせてもらおう」


唐橋を守る膳所兵は、赤備の騎馬軍団の出現に、息をのんだ。

街道のむこうに五百騎ばかり、悠然とたむろしている。

その光景に圧倒される。

なにしろ、関ヶ原以来十四年ぶりの合戦なので、戦を知らない若い侍が多い。

けれど、戦を知っている手練れ者のほうが、じつは真田隊の気迫にのまれていた。

関ヶ原の戦いで、いや、元亀天正の戦乱の世でさえ、真田隊ほど凛然たる気韻をそなえた軍勢は見かけたことがない。

〝神軍〟ということばを頭に浮かべた兵も何人かいた。

鉄砲組頭の伊藤勝成《かつなり》は、兜《かぶと》の緒《お》を強く結んでから下知した。この男は、関ヶ原で戦った経験がある。

「よいか、おそれるでないぞ。絶対にわしの下知があるまで引き金をひくな。敵はまず鉄砲を射かけてから突進してくる。じゅうぶんにひきつけて撃つのだ。下知を待てッ！」

侍大将の若松孝昌《たかあき》は、第一波五十騎の騎馬武者とともに、槍を脇にかきいだき、突撃のかまえをとった。

「真田の軍勢ならば、敵に不足はないッ」

そう叫んでから武者ぶるいした。

十月の蒼天に、根津甚八の鞭《むち》がたかだかとかかげられた。

五百騎の武者が、ごくりと唾をのみこむ。

「突撃ーッ！」

裂帛《れっぱく》の叫び声とともに、鞭をふりおろすと、第一陣百騎の赤武者が、土埃を巻き上げ、地響きを立てて橋をめざした。

真田大助も駆けた。

馬上、鐙《あぶみ》に立ち、鞍を膝にはさみこんだ中腰で体を固定し、狙いを定める。

そのままぎりぎりまで敵に直進して、発砲！

敵陣の兵がばたばたと倒れる。

すぐさま左右に展開し、自陣に舞いもどる。

すかさず、第二陣がくりだす。

橋の柵の直前まで駆けるから、敵の鉄砲隊の弾にあたる確率も高いが、それ以上に敵にあたえる打撃が大きい。

敵にとって真正面から疾走してくる標的は、案外照準が合わせにくい。

橋を守備する膳所兵も負けてはいない。

膳所兵が鉄砲を射かけるごとに、真田隊の武者が何人かのけぞって地に転倒した。

土煙をあげて、馬が転がる。

「馬を狙えッ！」

鉄砲組頭が叫ぶ。

「いまだッ、かかれッ！」

戸田の騎乗武者は、槍をもって突進してくる。

すぐに混戦になった。

膳所の足軽が長柄の槍ぶすまをつくって駆けてくる。

ウォーッ、と、吶喊《とっかん》の声。

矢の雨。

真田の武者も駆ける。

矢に当たって倒れる者が何人もいる。

混戦で銃は役立たない。銃は馬の腹につけた革筒にいれ、刀を握りしめて、雑兵《ぞうひょう》をなで斬《ぎ》りにする。

血しぶきがあがる。

突然――橋で巨大な炸裂音がした。

混戦の戦場で、兵士の全員が橋を振り向いたほど大きな爆発音だ！

唐橋に煙があがっている。

それが火筒の着弾であることを知っている真田

兵は、気勢を高め、雄叫びをあげた。

膳所兵たちが、たじろぎ、逃げ腰になる。

一瞬の気迫が、戦闘の流れを決した。

「かかれッ、かかれッ！」

由利鎌之助の檄《げき》が、鋭く戦場をはしる。

「それ、敵がひるんだぞッ！」

筧十蔵が、槍をたくみにあやつって逃げる雑兵を突き伏せた。

グワォーンッ！

グワォーンッ！

こんどは二発連続の着弾。

強烈な炸裂音。

唐橋は真ん中に大きな穴が空き、欄干の一部が吹き飛ばされた。

「退《ひ》けッ！」

膳所の侍大将が叫んだ。

「逃げるなッ、卑怯なりッ！」

真田大助が、侍大将に上段から切り込んだ。

敵の刀が下から受ける。

カッキーンと鋭い金属音がして、大助の刀がなかばで折れた。

「南無三ッ！」

つぎの瞬間、敵の刀が自分の首筋に斬り込んでくるのを、覚悟した。

ゴォワンッ！

奇妙な炸裂音とともに、大助は強烈な爆風を浴びた。

べっとりと全身が血生臭い。

面頬《めんぽお》といわず、鎧《よろい》の威《おどし》といわず、真っ赤な肉片にまみれている。

「ご無事で重畳《ちょうじょう》ッ！」

根津甚八だ。彼が至近距離から放った火筒が侍

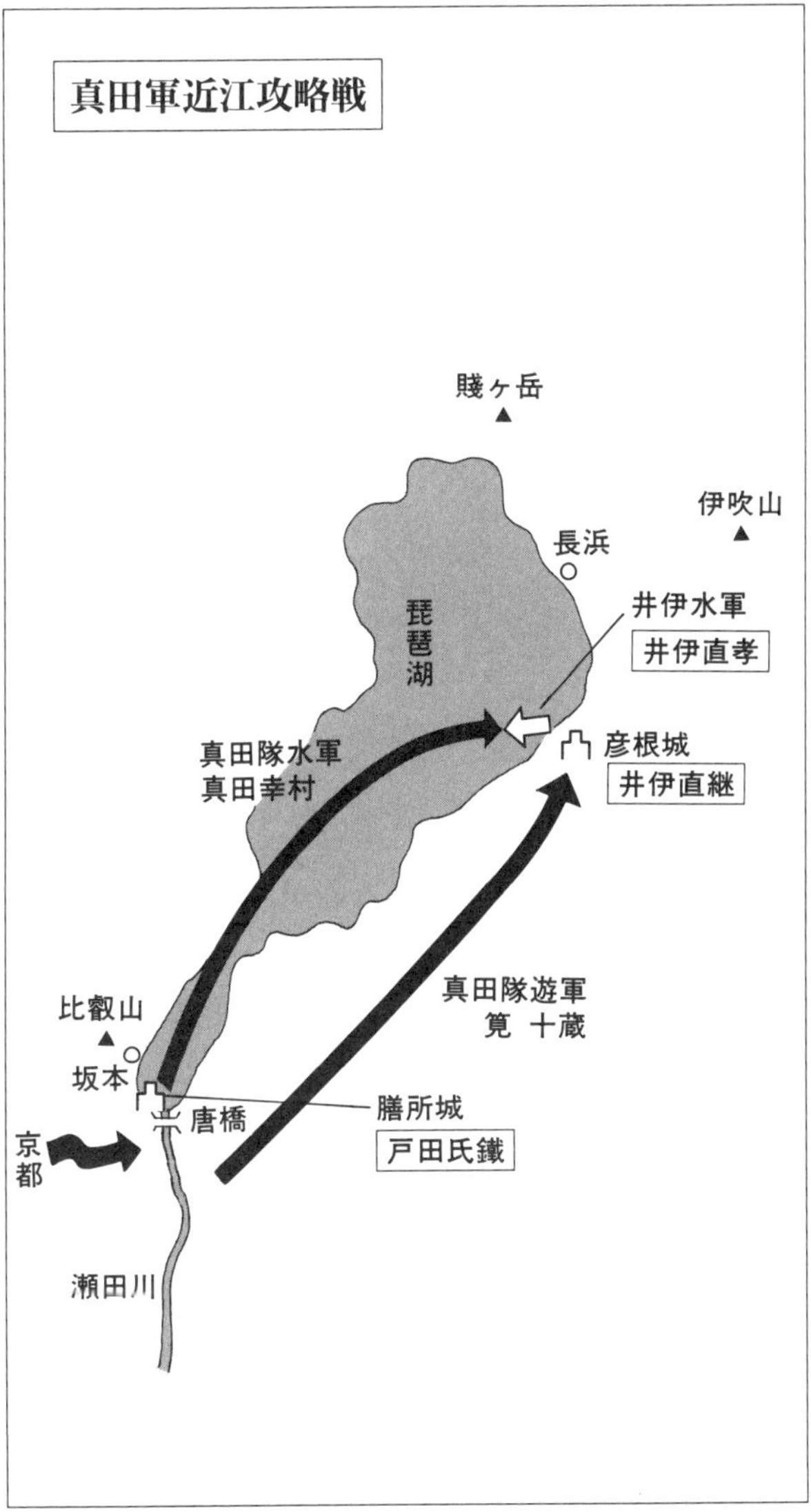
真田軍近江攻略戦
賤ヶ岳
伊吹山
長浜
琵琶湖
井伊水軍
井伊直孝
彦根城
井伊直継
真田隊水軍
真田幸村
真田隊遊軍
筧 十蔵
比叡山
坂本
膳所城
戸田氏鐵
唐橋
京都
瀬田川

大将を細かな肉片に化けさせたのだった。

膳所兵は、壊走《かいそう》した。

「追うなッ！。捨ておけッ」

潮が退くように、敵兵は膳所城に去っていく。

湖畔に静寂がおとずれた。

「橋はすぐ焼き払うか」

由利鎌之助が、汗びっしょりの顔でたずねた。

血しぶきがすさまじい。

「いや、最後でよろしかろう」

「このまま近江がわれらの国になるかもしれんからな」

唐橋の手前には、膳所兵の死体が百ばかり。

まだうめきをあげている重傷者も大勢いる。

「久しぶりの戦だと、こういうことが気になっていかん」

と、寛十蔵が顔を曇らせた。

「簡単なことだ」

由利はしばらく考えてから、口を開いた。

「どうする。いっそみんな始末してやるか」

と、根津甚八。

「助からぬ者は、苦しむより仏《ほとけ》にしてやろう」

「助かりそうな者はどうする？」

「うむ、豊臣家は軍費が豊富じゃ」

「たしかに」

「膳所の名主に話をつけて、傷の手当をさせればよい」

「それは名案。民百姓が、豊臣を信頼してくれる」

豊臣の兵が、敵の負傷兵を助けたという噂は、瀬田の唐橋が豊臣の手におちたという噂よりもずっと早く、東海道を走った。

三

　夜の湖水を黄金色に照らしていた月が、西の比良の峰に沈むと、湖上は漆《うるし》をながしたような闇に支配された。

　風が冷たく頬を刺す。

　砂浜に、ひたひたと波がよせる。

「よい風だ」

　才蔵が満足そうにつぶやいた。

　馬と荷車で運んできた三百樽《たる》の燃える水を、佐助配下の忍びたちが、手際よく縄でむすびつけて湖上に浮かべていく。

　一人乗りの忍者舟が百艘《そう》。

　一艘が三樽ずつむすびつけて、城に漕《こ》ぎ寄せる。

　城はあちこちに篝火を焚いて警戒怠りないが、やはり深更もすぎると、ゆるみがでる。

　闇の湖面をすべる忍者船の一群は、城の掘割や船入りにまでしずかに入り込んだ。

　忍びたちが樽を開け、燃える水を湖面にながす。

　そのまま忍びたちは、係留《けいりゅう》してある軍船にとりつく。

　湖水はさざなみ以上の音を立てなかった。

　しかし――

　空になった樽のひとつが、風に流されて本丸の石垣にぶつかった音を、上で警備にあたっていた番兵が聴きとがめた。

「だれかいるのかッ！」

　松明《たいまつ》をかざして湖面をのぞきこんだが、よくわからない。

「どうした？」

「なにか物音がッ！」

「松明を投げてみよ」

宙を舞った炎が湖水に落ちて闇がもどった。

「どうだ、なにか見えたか」

番兵たちの会話を聴きながら、佐助は息を殺した。

(燃えないではないか。作戦は失敗だ)

「気のせいだったか」

「いや、用心に越したことはない。真田は忍びをつかうから、夜襲があるかもしれん。いまだって、案外この石垣にとりついておるやもしれぬぞ」

兵士たちのわらい声に唇をかんだ佐助は、つぎの瞬間、自分の影が船体に大きく黒々とゆらぐのを見た。

振り返ると、背後の湖面に大きな赤い炎があがっている。

佐助と配下百人の忍びは、つぎつぎと船におどり込み、番兵を倒した。

闇のなかで、真田幸村が下知した。

「船入りに関船《せきぶね》がある。これを燃やさずに奪う」

湖水に火の手があがれば、すぐさま膳所城を正面から攻撃する手はずである。

関船は、小型の軍船のことだ。小型とはいっても櫓《ろ》を四十挺も立てるから、スピードは速い。船全体が厚い板で装甲され、大砲を積んでいる船もある。

「海野ッ！」

「はっ」

「一艘、いい船がある」

「なんでございますか？」

「安宅船《あたけぶね》だ」

「え？」

海野六郎がおどろくのも無理はない。大型軍船の安宅船は、膳所三万石くらいの身上でもてる船ではない。

「井伊が乗ってきたのですか」

「いや、信長公の船だ」

織田信長が建造させた伝説の安宅船は、

「船の長さ三十間(五四m)、横七間、櫓を百挺立てさせ、艫舳《ともへ》に矢倉《やぐら》を上げ」(信長公記)

という巨艦ながら、快速を誇っていた。

大型の安宅船は、どうしてもスピードが遅いのだが、百挺櫓を誇る信長の船は例外である。

「そんなものがまだあったのですか。それが奪えれば、明日にも彦根城がたたける」

「そうなれば、六郎は湖水をぜんぶ飲まねばならぬな」

「おお、飲んで進ぜよう」

そのとき、湖上に火の手があがり、膳所城天守閣が、炎のなかにくっきりと黒いシルエットを見せた。

幸村は、金革の軍配をひるがえし、威厳にあふれた声をひびかせた。

「押せぇッ！」

膳所藩主戸田氏鐵は、甲冑をつけたまま天守閣最上階で、柱にもたれてまどろんでいた。

「四方が火の海でござるッ！」

駆け込んできた家臣の声に飛び起きると、廻縁《まわりえん》に飛び出すまでもなく、外は昼より明るい。

「におの海（琵琶湖）が燃えてござる」

「ここは地獄の釜のなかか……」

大屋根の鯱《しゃちほこ》をこえる猛々《たけだけ》しい炎が、天守閣に襲いかかる。

そのあたりの小さな山よりよほど大きな炎だ。

（丸焼きになるだけだ。これではとてものこと戦えぬ）

本丸の松が、青葉を燃え上がらせた。

「いかん、船で脱出する」

階段をかけおり、船入りをめざすあいだに、汗がどっと吹き出た。それほど熱気がすさまじい。頬が焼ける。煙で呼吸が苦しい。

本丸の船入りには、関船が五艘ある。氏鐵はそこをめざして駆けた。風下だが、まだ火はまわっていない。

関船は、石垣の桟橋《さんばし》を離れるところだった。すぐそばまで火が迫っている。五艘の関船はそれぞれ縄で連結されており、先頭の船に音もなく曳航《えいこう》されていく。

「待てッ！」

重い甲冑のまま、氏鐵は最後尾の関船の屋根に飛び移った。

家臣が四、五人つづいた。

十人以上が、岸壁に残された。

すぐ、船上で黒い忍び装束の集団にかこまれた。

「うぬらは……」

氏鐵は刀を抜いた。

「船をちょうだいいたす」

「させるかッ！」

氏鐵が叫ぶと同時に、忍びがいっせいに飛びかかった。

「南無三ッ！」

佐助の忍び刀が、氏鐵の胸板のわきから、心臓を突いた。

右手に刀を振り上げたまま、氏鐵は動かなくなった。そのまま船から水面にたおれこんだ。

家臣たちは、おじけづいた顔でつぎつぎと水に飛び込んだ。

一人、勇敢な武者が佐助に槍でむかってきたが、背後から忍び刀で突かれて倒れた。

船は、ゆっくりと城を離れた。

沖に出た関船からは、膳所の城が天を呪《のろ》うかのごとく燃え盛って見えた。

四

徳川家康は、五百騎の馬廻衆《うままわりしゅう》に護衛されて、浜松から三河の岡崎に進軍していた。

京、近江からつぎつぎと駆け込んでくる飛脚は、徳川軍の劣勢ばかりを伝える。

家康は胃がキリキリと痛むのを感じた。

(真田の小倅が……)

と歯がみしても、現実はしだいに抜き差しならない戦況になってきている。

しかし、総大将として、焦りを見せるわけにはいかない。

もしも、自分が緒戦《ちょせん》の敗北に狼狽《ろうばい》したりすれば、それが噂となって千里を走る。

(徳川の大御所が豊臣におびえているぞ)

実際の小さな敗北より、むしろそんな噂のほうが大きく戦《いくさ》を動かすことを、この老人はよく知っていた。

「されば、真田とは、近江で決戦せねばなりますまい」

謀臣の本多上野介正純《こうずけのすけまさずみ》がいった。

本多正信の長男である正純は、慎重派の父と対称的に、武断派で、弁舌がたくみである。家康が、慎重な正信はふだん江戸において現将軍秀忠を補佐《ほさ》させ、正純を自分のそばに置いているのもうなずける。

幸村の夢のなかで、大坂城の堀を二ノ丸まで埋め立てさせたのも、じつはこの男の策略。

「逃げるであろうな」

家康はため息のようにつぶやいた。

「はっ？」

「真田は、近江で決戦する気などありはせぬ。すこし勝ちを見せておいて逃げる腹よ。真田の親父の流儀を、倅も受け継いでおるわ」

家康は、三十年もむかしの上田合戦を思い返した。

あのときも、真田勢は、上田城から出撃して徳川勢と戦いつつ、たくみに城に退き、徳川勢が本丸にかかったところで一気に反撃に出て、大打撃をあたえたのだ。

「ことごとく腰が抜けはて」「下戸に酒を強《し》いたる風」にして、徳川軍は退却したと『三河物語』に記録されている。

関ヶ原合戦では、中山道をまわった秀忠が、同じ上田城でまるっきり同じ作戦にひっかかった。家康親子は二代にわたり、真田親子に苦杯をなめさせられているのである。徳川家にとって、まさに天敵であるといってよい。

「このたびも、近江で戦うふりを見せて退き、瀬田川か山崎で反撃に出るつもりであろう。よほど用心してかからねばならぬ」

「されば、やはり豊臣本体をゆるがす策がよろしゆうございます」

おだやかにきりだした黒衣の僧は、金地院崇伝《こうちいんすうでん》。

京都南禅寺《なんぜんじ》の坊主だが、家康のブレーンとなり、「大慾山《だいよくざん》気根院《きこんいん》僭上寺《せんじょうじ》悪国師《あくこくし》」とあだ名されるほど評判が悪い。よほど権勢欲がつよかったのだろう。

そもそも京都方広寺梵鐘《ぼんしょう》の銘文に難癖をつけたのはこの男だ。

「よい案があるか」

「はっ、織田有楽斎が大坂城におります」

「うむ。有楽をどうつかう。ひとたび真田に追い出され、秀頼に懇願されてまた舞い戻ったそうではないか」

「さよう。真田を憎んでおります。真田を窮地に立たせることならなんでもやりましょう」

「そんな男を、なぜふたたび真田が城に入れた」

家康は、気にくわない。周到な真田である。なにか理由がありそうだが、はっきりとそれが指摘できるわけではない。

「真田よりむしろ、秀頼が呼んだらしゅうございます。真田の無礼をかわって詫びたとか。『秀頼様は真田よりおれを信頼しておいでだ』と吹聴《ふいちょう》しているらしい。有楽を通じて和議を申し入れれば、豊臣はまた紛糾しましょう」

家康は瞑目《めいもく》してかんがえた。

「有楽のこと、崇伝にまかせる。大坂城退去の要求を押しつづけよ」

「ははっ」

崇伝《すうでん》が、見事に剃《そ》り上げた頭をさげた。

「さて、軍勢のことよ」

家康が本多正信を見た。

この老臣はさきほどからずっと黙っている。

「正信はどう策を練る」

「さようでございますな」

老臣は濁った目をひらいた。

「やはり、ひたひたと押し寄せねばなりますまい。真田軍が関ヶ原まで出てくるとはとうてい思えません。こちらが行かねば、好き放題に近江を荒らされるだけ。一刻も早く軍をそろえて近江に入るのがよし。さもなければ、西国大名たちに動揺がひろがりましょう」

「うむ。秀忠はどうしておる」

「すでに奥州の伊達、上杉と合流。十万の軍をのぼらせつつありますゆえ、数日のうちには追いつかれることと」

「ならば、なにほどのこともない。徳川六百万石の力、眼に見せてくれよう」

家康は、つきだした腹をゆすって豪快にわらった。

外では、季節が冬にむかってまっしぐらに走りだしていた。

第五話

徳川大軍団来襲《らいしゅう》

一

蒼白《そうはく》に冷えた早朝の湖面を、百挺櫓《ひゃくちょうろ》の軍船《いくさぶね》が軽快に疾駆している。櫓がリズミカルに水をかいていく。

「さすが信長殿の船だ。造りがしっかりしておる」

穴山小助が船縁《ふなべり》を叩いてしきりに感心している。

大津の船大工をいそぎ呼び寄せて点検させると、彼らは太鼓判を押した。船体こそいささか古色が出ているが、防水や快速はむかしのままだ。

「この船を海に移して、駿府と江戸を叩きにいくか」

海野六郎が空をあおいだ。

「おぬしは、琵琶湖の水をぜんぶ飲むのではなかったかな」

遠眼鏡をのぞいていた真田幸村が、海野をからかった。

幸村はきょうも甲冑をつけず、山吹色の小袖に陣羽織姿でいたって気楽に戦いに臨んでいる。天性、緊張を知らぬたちなのかもしれない。

「さて、そんなことを申しましたか」

「いやいや、飲んでいただきましょう。たっぷり溺れていただこう」

忍びの才蔵が突然ヌッと姿をあらわしたので、

海野六郎がギョッと首をすくめた。武者ぶりのよい海野には似合わぬ仕草がおかしく、みんなが声をたててわらった。

百挺櫓の大安宅船を小型の関船が十数艘とりまいて伴走している。これも膳所城襲撃の戦利品だ。小型とはいっても百人近く乗れるから、足軽の輸送にはきわめて効率がよい。

攻撃目標は琵琶湖東岸の彦根の城。

騎馬武者は別働隊となって、陸上から彦根に進撃している。

湖上航路は、十里（四〇km）あまり。

ほんの一刻《いっとき》ほどの航行で、彦根の城が見えてきた。

彦根城は湖岸の細長い丘陵にある平山城《ひらやまじろ》だ。堀の幅は広く、たっぷりと湖水がひきこんである。

三層の天守閣は、四方に切妻破風《きりづまはふ》を複雑に組み合わせた構造で、けっして繊細でも秀麗でもないが、独特の風格がある。

「おでむかえだ」

遠眼鏡をのぞいていた幸村が右手をあげ、戦闘配備を指示した。

乳白色の朝靄《あさもや》が消えきらぬ湖上前方に、朱の旗指物をかかげた数十艘の関船が見える。

彦根の井伊は、真田と同じ甲州武田流の赤備である。

穴山小助が、すばやく敵の兵力を数える。

「三十二艘。鶴翼《かくよく》に開いてわれらを取り囲むかまえでござる」

「ふむ、車がかりで攻めてくれよう」

故太閤秀吉の朝鮮出兵のさい、幸村は肥前名護屋の陣まで近侍として同行したが、海戦は経験していない。しかし、いくさなど陸も海も同じだという不敵な顔で平然としている。

「火筒で攻めまくりましょう」

膳所で徴発した水夫頭に、穴山小助が下知をくだす。

「大きく左に旋回しつづけるんだ」

「ようそうろう」

巨大な舵柄《かじえ》をあやつっている頭《かしら》はずいぶん戦《いくさ》なれしていて、おじけるそぶりなど微塵もない。

「頭、そのほうなかなかの強者じゃな」

幸村が声をかけた。

「けっ、好きでこうなったんやない。若いころから戦ばかり駆り出されてたら、こうなってしもたんや」

「これ、お館《やかた》様になにをもうす」

小助がとがめた。

「よい、よい。そのほうは、信長様のもとでこの船をうごかしたことがあるか」

「あらいでか」

「それはたのもしい」

幸村は信長を知らない。伝説の武将に対して、畏怖心《いふしん》を抱いているばかりだ。

「信長さんも、そこに立ってな、お前さんと同じ目をしとったわ」

「わしは、信長様と同じ目をしておるか」

「ああ、同じ目や。戦好きの目や」

水夫頭は、舵柄に体重をかけて押しながら、愉快そうに笑った。

「わしもな、戦ばかりしとるうちに、戦が好きになった」

敵船団がしだいに近づいてくる。銃口がズラッとこちらに向いているのが肉眼でもはっきり見えた。

「戦はなぁ、生きるか死ぬかや。世の中は、強い奴しか生きのこれへん。弱い奴はくたばるしかないんじゃ。戦をやっとると、人間が正直になるわい。駆け引きもあるが、それよりもっともっと深いところで、人間が真正直《まっしょうじき》になる」

頭は口に手を当てると船底の水夫たちにむかって大声をあげた。

「お～ぃ、ええか、久ぶりの戦や、欲を出せよ。欲のない奴は死ぬばっかりや。漕げ、漕げ、漕げ。漕いで漕いで漕ぎまくれ」

鶴の両翼《りょうよく》のごとく左右にひろがった敵船団が、冷えた湖上の大気に強い殺気を発散している。幸村は、遠眼鏡を手に、敵船団が至近距離に近づくのをじっと待ちかまえた。

「距離は二百間（三六〇m）！」

井伊船団の軍師佐々木頼時《よりとき》は、舳先《へさき》の物見の声に薄笑いを浮かべた。

「あの小勢で、車がかりとなってそのまま突っ込んでくる気ですぞ。われらにとっては餌《えさ》と同じ」

井伊直孝は、けっして凡庸ではなかったが、いかんせん戦いを知らない二十五歳の若者である。

「信長殿の大安宅船を力にたのんでおるのであろう」

「大きい船ほど船足がにぶうござる。火矢でたちまちのうちに燃え上がらせてくれましょう」

佐々木が弓隊に火矢の準備を命令しようとしたとき、突如、轟音と激しい爆風が船体を襲った。

見れば、隣をはしっていた関船が、黒煙をあげながら朝の太陽を銀色に反射した湖に沈んでいく。

「なにごとだッ！」

「敵の大筒が、児島《こじま》殿の船に当たりました。焼き弾だったらしく、燃え上がっております」

児島六郎の船は、直孝の船のすぐとなりを走っていたが、それでも数十間ははなれている。いまの爆風はただごとではない。いくら赤くなるまで弾を熱した焼き弾でも、そこまでの破壊力はない。

「信じられん」

「なにが起こったのだ」

船端にしがみついた井伊の兵たちは、膝が震えている。

再び轟音。

井伊船団の関船が、また一艘、黒煙をあげ、またたくまに湖に消えた。

「あれをごらんください」

叫んだ兵は、真上を指さしている。

上空に、カラスの群がいた。

いや……。

「カラスではない。忍びの者が空を飛んでおるのじゃ」

井伊直孝が、自分の頭上を見上げると、そこにも三角の大きな黒布に、たっぷりと風をうけた忍者がいた。

佐助だった。

〝カラス舞《まい》〟と称する一種のハンググライダーをつかって、佐助は井伊船団を攻撃しているのだ。

その群の数、無慮二百。

空を舞う忍びの大空爆部隊であった。

直孝の頭上になにか丸い大きなものが落ちてくる。

井伊直孝が首をすくめた直後、その物体は甲板に当たって炸裂。直孝の船を、湖底に沈めてしまった。直撃弾間近にいた直孝は即死だった。

「佐助の奴、一尺火弾をむだにつかいおって」

穴山小助が上空を飛び去っていく佐助のカラス舞空爆団にぼやいたが、湖西の比良山上から颪《おろし》にのって飛んできた二百人の忍者は、すでに敵船団上空を通過し、彦根城にむかっていた。

もともと、彦根城を空から一尺火弾で攻撃するために飛び立ったのだ。ちょっと攻撃演習のつもりで、船団に弾を投げつけたのだろう。

一尺火弾は三好清海が新しく工夫した兵器で、原理は地雷火《じらいか》と同じだが、投下して目標にぶつけることによって爆発する。なかにぎっしり火薬を詰めた威力は関船を一発で大破させるほどだ。井伊船団は、六艘が直撃弾を受けて沈んだ。大将の御座船を失った船団は動きが、にぶくなった。

しかし、真田と井伊の船団は、すでに数十間の距離に近づいていた。もはや、猶予はない。


「鉄砲隊、撃てッ！」

穴山小助が叫んだのと同時に、井伊の船団も鉄砲を射かけてきた。大安宅船の厚い装甲に、ビシッ、ビシッと、着弾音が響く。

真田軍の関船からは、三好清海、伊佐の兄弟が、飛び火筒を放つ。

互いに接近しているから面白いようによく当たり、井伊船の装甲をあっさり破壊してしまう。うまく喫水に命中すれば、船は大きく傾いて、たちまちのうちに水中に没した。

あっという間に、四、五艘の敵船が沈んだ。

大破は七、八艘。

すでに弓の射程距離内であった。

「火矢を放て」

井伊船も火矢を射かけてくる。

左に旋回している大安宅船の右舷に、何本もの火矢が命中し、炎をあげはじめた。

「定吉《さだきち》の組は火を消せ！」

水夫頭が叫ぶと、五、六人の水夫が縄をつけた手桶《おけ》をたくみにあやつって、湖水をくみ、火を消した。なかの一人が、井伊の鉄砲に撃たれて水中に転落したが、仲間は、一瞬きつい目で敵を睨《にら》んだだけで、すぐに作業をつづけた。

「船をつけろ！」

幸村が叫んだ。

井伊の船団は、佐助たちの空からの先制攻撃に衝撃をうけ、さらに火筒の攻撃を浴びせられたので、逃げ腰だ。

大安宅船が悠揚と迫り、銃と火矢を射かけると、井伊の船は舳先《へさき》をまわして逃げをうった。

「船に切り込むまでもないな」

幸村が、穴山小助に問いかけた。

「追いつつ、火矢を射込みます」

ひとたびぐるっと左に旋回した真田の船団は、そのまま舳先を彦根城に向けて進んだ。

井伊の船団はちりじりになって逃げる。もはや、そのほとんどが炎と黒煙をあげていた。

彦根城では、弟の直孝が関船で出陣すると、城主直継は病を押してあざやかなはなだ色の甲冑をつけた。

真田の軍勢は、水陸両方面からこの城に迫っている。

井伊の兵はもともと四千人いたが、伏見城に五百人、膳所城に千人の援軍を出し、さらに今朝、水軍として千人以上の人数を出した。膳所から敗走してきた兵約五百人を収容したので城兵は二千人。出撃して戦うには少ない人数だが、籠城して敵の進撃をくい止めるだけなら、戦うに足りる数である。

真田の兵は、水陸あわせて五千にすぎない。

要害のよい彦根城にいるかぎり、おそれるほどの軍勢ではない。

物見から、

「真田が膳所城の安宅船を奪ってこちらに向かっております」

との報告を受けた直孝は、

「どうせ水軍に慣れぬ山侍のこと、なにほどのこともありますまい」

と、高熱で伏せっている直継に言い残して、自ら関船にのって出撃したのだ。

天守閣の廻縁《まわりえん》に立ち、遠眼鏡で湖上をながめていた城主直継は、しかし、たったいま、井伊の関船が黒煙をあげて炎上するのをつぶさに見せつけられた。

遠眼鏡の丸い視野のむこうの合戦は、絵巻物のように現実感がなかった。

そこでは、確実に人間が血を流して死んでいるのに、見ている直継にはなんの痛みもない。悲鳴もきこえない。それでも、船はつぎつぎと爆発し、炎上し、沈んでいく。

熱い頭の芯《しん》に口惜《くちお》しさが満ちてくる。

なぜ、味方の関船ばかりが爆発炎上するのか……。

「ええい、もっと船を出せ。敵のなすがままではないか」

「軍船はもうございませぬ」

「空でも飛んで助けに行けぬものか」

そうつぶやいたとき、黒いカラスの一団が湖上をこちらにむかってくるのが見えた。直継は、遠

眼鏡をにぎりなおして、その群を見た。

「てっ、鉄砲隊ッ！　あれを狙え。忍びだ、忍びの軍団がこちらに飛んでくるぞ！　空を飛んでくるぞ！」

天守閣からそう叫んだときには、空飛ぶカラス舞軍団の影は、よほど大きくなっていた。


彦根城を包囲する真田の陸上隊は、筧十蔵が総指揮をとっている。望月六郎や由利鎌之助らが、それぞれの隊を率いて城を囲んだ。むろん寡兵《かへい》だから、どうしても包囲網は手薄にならざるを得ない。

城下を焼き払う許可は、出陣前に幸村から得ていた。

「民の難渋《なんじゅう》をおもえばできることなら、焼きたくはない。しかし、この城下を徳川の補給基地にされては、あとあとの展開が面倒だ。人をはらってから焼き払う」

筧十蔵は、二十名の母衣《ほろ》武者にそう下知すると、城下の町内に駆け込ませ、大声で、

「いまから町を焼く。すぐさま退去せよ」

と、叫ばせた。

町人たちは、あわてふためきながらもつかめるだけの家財をつかんで逃げ出した。

いよいよ火をかけようかという頃合になって、空に佐助たちの姿が見えた。

先頭を飛ぶ忍びの一発目の投下で、まず天守閣の屋根が吹っ飛んだ。

黒い羽根をはばたかせ、風に乗った忍びたちは群となって飛来し、つぎつぎと一尺火弾を落としていく。そのたびに轟音が響き、丘のうえの彦根城が崩れていく。

「よおしッ！　町屋に火をかけろ」

　本丸の北側は葦の原だが、それ以外の東、南、西には、びっしりと家臣の屋敷が建ち並び、それをとりまくようにして町人の屋敷がある。そこから火の手があがった。

　こうなると、城方も黙ってはいられない。

　百騎、二百騎の部隊がくりだしてきては、真田隊に弓と鉄砲弾をあびせる。

「まだ手を出すなッ！」

　仕掛けられれば、攻撃をかけたくなるのが戦の常だ。井伊の侍大将はそれを心得ていて、すこし撃ちかけては、すぐに引き上げる。こちらを挑発して猛火の中に引き込んで叩く作戦だ。

　ここはじっとこらえて、町が焼け野原になるのを待たねばならない。

　火の手はごうごうと城下を焼いていく。

　あちこちに火をはなっているので、もはや城下のほとんどが大きな炎をあげている。

　丘の上の本丸は、一尺火弾の攻撃で大破した。

　湖国の朝の青空に不似合いな黒煙が天にのぼる。

　筧十蔵は彦根城の南の刈り田に陣取り、馬上から燃え盛る城下を見つめていた。

　突然、十蔵の右腕に激痛が走った。

　よろめいて落馬しかけたが、左手で手綱をにぎって馬を制した。敵の銃弾が、右肩のあたりをかすったのだ。

　傷を確認するいとまもなく、大地をゆるがす地響きがとどろき、猛煙のなかから、鬨《とき》の声とともに赤備の軍団があらわれた。

「鉄砲隊、撃てッ！」

　こちらも応戦して銃撃をあびせかける。

　井伊の騎馬隊が突進してくる。その数約三百騎。

うしろには千人ばかりの足軽がしたがっている。敵は攻撃をこの方面に集中させたらしい。筧隊に倍する兵力だ。

「かかれッ！　油断するな」

筧十蔵の下知で、真田の騎馬武者が突進する。真田の赤備と井伊の赤備が正面から激突した。

両軍が激しくせりあう。

軍が乱れ、馬上の武者同士が切り合う。

十蔵は、なんども槍を払い、群がってくる足軽を切り伏せた。

井伊勢は、いささかのひるみも見せないばかりか、形相《ぎょうそう》に気迫がみなぎっている。剣の一撃、槍の一突きに凄惨《せいさん》な力がある。

(これはいかん。死兵《しへい》だ)

戦いながらそう思った。

合戦の敵で、死を覚悟した〝死兵〟ほど怖いものはない。

生きるためにする合戦である。

生きるために戦うから、たとえ死を覚悟していても怯《おび》えがでる。

怯えない男が勝つ余地がそこにある。

しかし、死兵には、怯えもなにもない。まさに死にものぐるいで喰らいついてくる。自分は死ぬつもりだが、ただで死ぬ気はない。敵を殺したうえで死ぬつもりなのだ。一種の狂乱状態だといってよい。

「退《ひ》けッ！　退けッ！　退き鉦《がね》を鳴らせッ！」

筧十蔵が叫んだ。

ここは無理攻めする必要などない。打撃を与えればそれでよいのだ。

「ひとまず退けッ！」

そう叫んだとき、こんどは左肩に灼熱《しゃくねつ》の衝撃がはしり、十蔵は馬から転がりおちた。井伊の足軽に槍で突かれたのだ。
足軽は、地に転がった十蔵に、さらに槍をくりだす。
槍の穂先《ほさき》をすんでのところでかわして、柄を右脇にしっかりはさんで受けとめた。
足軽が槍を手放し、刀を抜いて向かってくる。
十蔵も刀を抜いて足軽の刀を受けた。
刃と刃がぶつかってガキッと火花が散った。
赤備の武者が一騎駆け寄ってきた。
馬上の武者は槍をかざしている。
馬上の武者の槍が光る。
避けようがない。
(南無三ッ！)
足軽がグエッとわめきながら、そのまま十蔵にのしかかってきた。
背に槍が刺さっている。
見上げると、馬上の武者は由利鎌之助だった。
「ありがたしッ」
のしかかってきた足軽を押しのけ、体をおこそうとしたが、左肩に激痛がはしる。
井伊の足軽が集団で駆け寄ってきた。
由利鎌之助が、馬上から槍で何人か突きふせる。
しかし、敵が多い。二十人以上の足軽に囲まれてしまった。
そのとき、まだ燃え盛る城下から一団の赤武者があらわれた。
「やぁやぁ、井伊直継も直孝も討ち死にしたぞ。まだ戦う者がおるのかぁーッ」
先頭きって馬上でそう叫んでいるのは、真田幸村だ。
甲冑もつけず、山吹色の小袖に赤い陣羽織をまとっただけで、馬を駆けさせ、槍をふりまわしている。

うしろには、三百騎以上の武者がしたがっている。

「井伊の武者ども、幸村じゃ。こちらの首のほうが高いぞッ」

十蔵をかこんでいた井伊の足軽にひるみができた。

真田の武者が槍を入れる。

新手《あらて》の出現で、井伊兵はたじろいでいる。

「もはや、城は落ちた。水軍も全滅したぞ。命が冥加《みょうが》じゃ。逃げろ。いまなら追わぬぞ。落ちのびられるぞ。命が冥加じゃ、命が冥加じゃ」

幸村の雄叫びに、死を決していた井伊兵のこころがくじけた。

槍を構えつつ、後ずさりに逃げていく。


(たすかった)

寛十蔵は、大地に背をあずけて天を見上げた。

彦根の町を焼いた煙が、空一面に吹き上げている。

「おうっ、無事であったか」

額に汗をうかべた幸村が、寛十蔵をのぞきこんだ。

「面目ない」

「なに、敵も必死で戦いおった。死なずにすんだのが幸いだ。安心せい、城の蔵米《くらまい》はぜんぶ船に積み込んだ」

彦根城には巨大な米蔵が十棟以上もあり、世に名高い江州米《ごうしゅうまい》がうずたかく積み上げられていたのだ。

「こんなところに長居は無用だ。さっさと引き返すぞ」

「越前の松平がもう長浜《ながはま》のむこうまで来ております」

忍び装束の佐助が馬からおりた。

「それも空から見えたのか」

幸村がたずねる。

「さよう。鳥瞰《ちょうかん》の術と申しまして、心の底から鳥になろうと念ずれば、目も鳥になって、長浜どころか富士の山まで見えもうした」

佐助が得意げに話す。

「まさか、ほんとか」

肩から血を流している筧十蔵が、目を丸くして起きあがった。

「ははは、うそでござるよ」

敵の去った戦場に、勝者たちの哄笑《こうしょう》がひびいた。

二

岡崎から行軍を急ぎ、二日で大垣《おおがき》城に入った徳川家康は、きわめて不機嫌だった。

もともと陽気な男ではないが、ここまで機嫌が悪いのもめずらしい。

小姓や近従《きんじゅう》に当たり散らし、家康の身の世話のために同行している側室の阿茶局《あちゃのつぼね》でさえ、機嫌をとりむすぶことができなかった。

家康の血圧は、かなり上がっている。

「おまえらはみんなたわけか。おめおめと城ばかり落とされよって。二条城に伏見城、膳所城に彦根城。こんな戦があるか。徳川がこんなに負けたことがいままでに一度たりともあったか」

御前にいならんだ重臣たちは、いちように頭をうなだれるしかない。

「策を述べてみよ。真田に勝つ策のある者はおらぬのか」

「おそれながらもうしあげます」

「うむ、本多か」

老臣の本多正信が、平伏した。

「それがしには、なにゆえに殿がそこまでお怒りか、理解いたしかねます」

「たわけ、これだけ負けておいて、よくもそんなことがいえるわい」

「しかし、これはほんの戦のはじめ。これからようやくわが軍団が旗をそろえるところでござる。大御所さまにおかれましては、ゆるりゆるりとおかまえくださらねば、全軍団五十万将兵の志気にかかわります」

「口はばったいことをいうでない。伏見城、二条城くらいなら、わしとてこんなことはいわん。真田の小倅は彦根まで焼きおったのだ。ゆるりなどしていられるものか」

家康は、そこでゴクリと唾を呑《の》んだ。

「真田らは、勢いに乗じて、この大垣の城を攻めに来《こ》んとはかぎらんのだ」

「まさか、さようなことが」

家康は、にごった眼をぎろりとむいて、本多正信を睨んだ。

「ないと断言はできまい」

さすが海千山千の本多正信も、この凝視《ぎょうし》にはたじろいだ。

「たしかに……」

そのまま平伏し、押し黙った。

「よいか、みなの者。相手は真田ぞ。油断など禁物じゃや。このたびの合戦は、日本を徳川の国にする戦いである。いまそれを妨《さまた》げる男は、あの真田の小倅ただひとり。なんとしても首を討て。真田の首級を取った者は、たとえ足軽といえども五万石を加増してつかわす」

いつにない家康の加増の約束に、重臣一同、驚くよりむしろ、気味が悪くなった。

「連中はどうしておる」

家康の問いに、忍び装束の服部半蔵がかしこまった。

すでに深更。家康は白木綿の寝間着姿。寝所の短檠《たんけい》（背の低い燭台）が、薄暗く光をおとしてある。

半蔵は、自ら真田の動向をさぐりに出向き、たったいま大垣の城にもどったばかり。

「瀬田に退き上げ、橋を焼きました。安宅船や関船も、米を降ろしてすべて解体、柵《さく》をつくっております」

「ふむ、もはや防戦のかまえか」

「それが、いささか腑におちぬところがあります」

「なんだ」

「どこがどうというわけではありませんが、真田の軍陣に〝虚《きょ》〟の相が見えるのです」

「どういうことだ」

「はっ。真田ほどの軍陣なれば、決戦を前にした〝気〟が、凛々と陽炎《かぎろひ》のように立ちのぼっておるはず。彦根城攻めまでは、たしかにその〝気〟がみなぎっておりました。それがいまはいささかも見られぬばかりか、むしろどこか虚《うつ》ろなのです。大決戦を前にした軍勢とは見受けられませぬ」

「ふむ、こちらの大軍を前に気後れしておるのではないのか。あるいは、勝ちに乗じて気がゆるんだか」

「とも考えられますが……」

「わかった。さがってよい」

半蔵が音もなく去ってからも、家康は褥《しとね》のうえであぐらをかいたまま腕組みをしている。

服部半蔵ほどの男が、自分の眼でたしかめてきたのだ。彼の観察にまちがいはあるまい。

(攻めどきか?)

そう考えるいっぽうで、

(あの真田のことだ、罠《わな》ではないか)

との思案がめぐる。

いずれにせよ徳川の軍団は、数日のうちに近江に結集する。

西国の大名たちも、ひたひたと大坂をめざしている。

総軍三十万を称している。

これだけの軍勢があれば、牢人どもの寄せ集めなどなにほどのことがあろうか。

そう自分にいいきかせて、家康は眠りについた。

家康の寝所《しんじょ》は、どこにあっても警備が厳重である。

今宵も四人の不寝番《ふしんばん》が膝を崩さぬまま、じっとあたりの気配をうかがっている。

むろん、寝所となった奥御殿といわず、本丸といわず、城全体の警備もものものしい。

しかし——

忍びはどこへでも入りこむ。

才蔵のような達人ともなれば、たとえ家康の寝所といえども近づけぬことはない。

いや、さすがの才蔵とて、これが要害堅固で城兵の多い駿府や岡崎の城なら潜入などたくらみもしなかった。

要衝《ようしょう》の地にあるここ大垣城も、広い堀がめぐらされていて守りは堅い。関ヶ原合戦が一日で勝負がついたあとも、西軍の福原長堯《ながたか》は一週間もこの城で籠城しつづけたほどの堅城である。

しかし、いまは城兵が少なく、しかも今宵は家康一行の到着ではなはだ騒々しい。

家康の馬廻衆は、城の堅牢さをたのんで気持ちが緩んでいるし、城兵たちは家康精鋭の馬廻衆をたのみにしている。

忍び入るにはうってつけの夜だといえた――

家康の寝所は奥御殿の座敷だとわかっている。

才蔵は城内に忍びこみ、奥御殿の大屋根のうえでしばらく気配をうかがっていた。

桧皮葺《ひわだぶ》きの大屋根に背をあずけて夜空を見上げた。

すでに月はしずみ、満天に星がきらめいている。

(今宵は、家康の首が討《う》てそうな……)

才蔵はそう感じた。

頃合を見計らって、大屋根の破風《はふ》の格子《こうし》をクナイではずし、屋根裏に忍び込む。

埃ひとつたてずに、太い梁《はり》のうえに足をはこぶ。

ところどころに麻縄が張ってあるのは、忍びの者を警戒する鳴子《なるこ》だが、才蔵はなんなくかわしていく。

家康の寝所を探し当てるのは造作もない。

張り巡らされた鳴子の縄の中心こそが、大御所の寝所に決まっている。

闇のなかで、張り巡らされた麻縄を眼でたどる。

縄を張り巡らせたのは、半蔵配下の伊賀者だろう。

どこが御殿の中心かわからぬように偽装したつもりでも、その偽装の裏を読めば、簡単に寝所はさぐれる。

縄を眼でたどる……。

そこに、先客がいた。

闇にまぎれる忍び装束を着込んだ男が、太い柱にもたれてじっと身じろぎもしない。

この城ができたときからすえられた木偶《でく》人形のようでさえある。

「才蔵」

忍者だけが聞き取れる風のようなささやきで、先客が呼びかけた。

声のしめりに聞き覚えがあった。

「半蔵か」

二人のあいだは十間（一八m）以上離れているが、常人の鼓膜《こまく》には伝わらぬ微細な振動で会話が成立する。

才蔵も半蔵も出身は同じ伊賀だ。

伊賀者は、忍びの術を武家に売って碌《ろく》をはむ。あるいは金銭を受け取る。そのため、いまの才蔵と半蔵のように伊賀者同士が敵にもなる。

「取り引きをせぬか」

敵ではあっても、もともとが故郷を同じくする忍びの者同士。無益な闘争はしない。

「なんの？」

「首級《しるし》と首級だ」

「だれとだれの？」

「秀忠と…」

「こちらは？」

「幸村」

才蔵はくびをひねった。

「面白い案ではあるな。だが、それではそちらの勝ちだ。家康が残る」

「老人だ。あと二、三年の命にすぎん」

「狙いはなんだ」

「ゼニよ。幸村の首は五万石になる。だれかに売ってもいい」

「おれが今宵、家康の首級をあげたら？」

「そうはさせん。おれとて義理がある」

「報賞をのぞむのなら、豊臣に味方せよ。まだまだ働きがいがあるぞ」

「秀頼はうつけ者であろう」

才蔵は闇のむこうの影をにらんだ。

「半蔵、おぬし自分で天下がほしくなったか？」

「まさか」

「家康のもとではたらいておるのが、バカバカしくなったのであろう」

「才蔵はなぜ幸村についた」

「ふん、家康につくよりおもしろかろう。いま、家康をたおせるのは幸村殿しかおらぬ」

半蔵のため息が聴こえた。

「おぬしがだれかに惚《ほ》れるとはおもわなんだ」

「わしもだ」

「では、取り引きは不成立か」

「そうさな」

「ならばさっさと帰れ」

「そうはいかん、家康の首級をとりにきた」

闇に緊張がはしった。半蔵がいつでも攻撃にうつれる姿勢をとった。

「帰れッ。むだな戦いはしとうない」

「おぬしと家康を討てば、わしにとって無駄ではない」

「夢ごとをほざきおって。早く帰れッ」

半蔵は、縦横に張り巡らされた鳴子の縄の一本をにぎると、何度も強くゆさぶった。乾いた木が夜のしじまに鳴り響き、人のさわぐ声がおきた。同時に手裏剣が才蔵の頬をかすめて飛んだ。

半蔵も、当てる気はなかったらしい。

「チッ！　愛嬌《あいきょう》のないやつだ」

才蔵は身軽に屋根裏の梁を走り、大屋根に出ると、そのまま闇のなかに姿を消してしまった。

三

越前《えちぜん》少将松平忠直が、一万の軍勢を率いて北国《ほっこく》街道を南下し、彦根にあらわれたのは、十月十六日であった。

（これはまた手ひどい目にあったものだ）

彦根城の焼け跡は、前日の戦闘の激しさを物語るように、まだ煙をあげてくすぶりつづけていた。生き残った城兵たちが、すすけた顔で亡霊のように放心している。石垣や天守閣の破壊のひどさは、この世のものとは思えなかった。

馬上の忠直は弱冠二十歳。

忠直の父秀康《ひでやす》は、家康の次男。つまり、忠直は家康の孫だ。

家康の長男信康《のぶやす》は若くして織田信長に自害させられている。

となれば、当然次男の秀康が徳川家を継ぎ、その長男の忠直がさらにそれを継承できるはずであった。

しかし、運命は忠直に味方しなかった。

忠直の父秀康は、家康に嫌われて秀吉の養子となり、さらに下総《しもふさ》の結城《ゆうき》家を継がされるという流転の運命をたどっていた。

その運命が、若い忠直をおおいに屈折させている。

忠直は、この合戦が、初陣であった。

なにがなんでも殊勲《しゅくん》をあげて、自分の存在を世に認めさせたいと考えている。

そのためには、抜け駆けの功名さえ辞《じ》さないつもりだった。

「これはなんともいえぬありさま」

家老の飛田新左右衛門《とびたしんざえもん》が眉をひそめた。

「ふん、もう一日早く着いておれば、さんざん蹴散らしてくれたものを」

屈折した若さは、しばしば、血の気《け》の多さとなってあらわれる。忠直もその手合いだった。

城のようすを調べに走らせていた武者が、馬で駆けもどってきた。

「藩主井伊直継殿、弟の直孝殿、両名とも討ち死なされました。蔵米はことごとく真田の軍勢が運び去っております」

「敵ながらみごとなもの。たった一日で要害の彦根城を落とし、さっさと撤退するなど、さすが真田……」

「うるさいッ！」

忠直がヒステリックに叫んだ。

（日本一の強者は、この自分である。いや、そうあらねばならない）

忠直のなかには、裏付けのない自負が渦《うず》巻いている。

（真田を破れば、功名《こうみょう》は自分にあがる）

忠直は、自分に恍惚《こうこつ》とするときがある。

（大御所の血をひいているおれだ。日本一の栄誉

は、おれにこそふさわしい）

そのためには、なによりも功名が第一だ。敵の首級を討ち取ってこそ武士の誉《ほま》れがある。

「真田はどこまで退いたかッ」

「瀬田の唐橋にございます」

「ふむ、存外おろかである」

不敵に鼻を鳴らした忠直が、家老の飛田をふりかえった。

「古来、瀬田を守って勝ったいくさはないというぞ。すぐさま攻めとってくれよう」

「なりませぬッ」

飛田新左右衛門《しんざえもん》が血相をかえた。

「大御所さまからは、ゆめゆめ功をあせって先を急ぐなとのきついお達し。後続の軍勢がそろうのをお待ちくだされ」

「そんなものを待って功名があげられるか。敵はわずか五千の牢人ではないか。精鋭一万の越前兵ですぐさま打ち破ってくれよう」

そう叫ぶと、すでに忠直は馬に鞭《むち》をくれて駆け出していた。


真田の軍勢は、彦根城襲撃から引き上げると、瀬田の唐橋を焼き、川の西岸に馬防柵を築いて陣取った。

真田隊には、すでに伏見の城を陥落させた後藤基次と木村重成が合流して、軍勢は一万五千になっている。

川の岸には、馬止めの柵を長く立ててある。

川の底には、杭《くい》を打ち縄を張り巡らせた。ところどころに穴を掘って甕《かめ》が埋めてある。敵の馬や兵が足をとられて渡渉に難渋する仕掛けである。

幔幕《まんまく》をはりめぐらせた本陣で、真田幸村、後藤基次、木村重成らが軍議を開いている。

軍議とはいっても、いささかも緊迫したおももちはない。彼ら歴戦の勇士は、秋の湖畔で茶の野《の》点《だて》でもたのしむように優雅に語り合っている。

「越前の松平忠直が彦根まで来た」

幸村が愛用の鉄扇で肩をたたきながらいった。

「一万の軍勢にございます」

末座の佐助が報告する。

「彦根の城を見まして、血相を変えて瀬田にむかって駆け出しております」

「それはいつのことですか」

木村重成がたずねた。

今回が初陣の若武者は、伏見城の攻略で後藤又兵衛とともに戦ってから、大いに自信を深めている。その自信がすがすがしさとなって顔にあらわれている。

「ほんの半刻《はんとき》前でござる」

「どうしてそんなに早くわかるのです。彦根からは十里(四〇km)。いくら忍者の足が早くとも……」

佐助がだまって空を指さした。佐助の配下は、どうやら伊吹颪《おろし》にうまくのって、あっという間に瀬田まで滑空してきたようだ。

「されば、越前軍の先鋒が到着するのが未《ひつじ》の刻(午後二時)、全軍の到着が申《さる》の刻(午後四時)……。

先鋒はだれかな」

後藤基次がたずねる。

「忠直が自ら先陣をきって馬を走らせております」

「それはまた頼もしい」

幸村が賛嘆の声をあげた。

「忠直は初陣であろう。存分に馳走《ちそう》してつかわそう」

一同は大きくうなずくと戦闘準備に立ち上がった。

「敵がくるまでにはずいぶん間がある。どれ、大助、碁《ご》の相手をせい。おぬしも最近は腕をあげたから、置くのは四目《よんもく》にしてくれよ。五目《ごもく》も六目《ろくもく》も置かれたのでは、わしが負けてしまう」

幸村は、もう碁盤にむかって白石をにぎっている。

軍勢の先頭をきる忠直が、琵琶湖東岸の穀倉《こくそう》地帯をいっきに駆け抜け、瀬田に到着したのは、後藤基次の予想どおり未の刻だった。

徒歩の足軽たちはもとより、騎乗の武者たちでも、忠直についてきたのは、ようやく数十騎にすぎない。

「さてこそ」

瀬田川を前にして、忠直は馬から飛び降りた。

すでに、唐橋は真田の手で焼き落とされている。

「ものものしい柵をきずきおったものよ」

東岸から西岸をみると、川べりに高さ一間（一八〇cm）の柵が延々とめぐらされている。川幅も深さもさほどではない瀬田川だが、あの柵が面倒だ。

柵のむこうでは、真田の兵が、ずらりと弓と鉄砲を並べてこちらをにらんでいる。

下流にまわればよいのだが、川はすぐに石山寺《いしやまでら》門前の渓谷に流れ込む。大軍を展開するにはおおいに不利な地形だ。

「こしゃくな真田め。なんとしてくれようか」

「なにほどのこともありますまい。敵は五千。一万の軍で力押しに押せば、あわてふためいて敗走いたしましょう」

そういったのは、軍師の岡田正之《まさゆき》。彼は、真田隊のうしろに後藤隊、木村隊が到着していることを知らない。

「待たれよ。われら、この地に踏みとどまり、大御所様の軍勢と合流すべきです。さもなければお叱りを受けましょう」

制したのは、家老の飛田だ。

「ここまで来ておいてなにをいう。いっきに踏み散らしてくれるわい。勝ちさえあげれば、大御所さまは誉めてくださる」

合戦は勢いでするものだ。荒くなった忠直の鼻息は、続々と到着する武将たちに伝染し、すぐにでも渡渉すべしとの熱が渦をまいた。

それでも、半刻ほどは、物見を走らせたりしながら、後続する足軽たちの到着を待った。

ようやく二千人ほどが到着したとき、待ちきれないように忠直が戦闘開始を告げた。

「まずはそれがしが小手調べに柵を倒してまいりましょう」

先陣の名乗りを上げたのは、家老飛田の伜《せがれ》、利《とし》明《あき》であった。

「おうッ、利明か。よくぞ名乗りをあげた。功名はおぬしのものぞ」

「ありがたきしあわせ」

「みなの者、利明につづけッ！」

鉄砲隊が川のそばに駆け寄り、一列に陣を開いた。

「やあやあ真田の者ども！　われらは越前少将の兵じゃ、矢弾《やだま》など馳走いたすッ！」

両軍が発砲を開始する。

さして広い川ではない。焼け落ちた橋の長さは一町（一一〇m）もない。

瀬田川をはさんだ銃撃戦は熾烈だったが、忠直の鉄砲隊は優秀だった。すぐに真田方の勢いが弱くなった。

飛田利明は、機を見て馬を川に走らせた。

二、三百騎がそれに続く。

二千に近い足軽がざんぶと川に飛び込む。深いところでもせいぜい股くらいまでしかないから、渡渉そのものは困難ではない。

ただ、水は身を切るように冷たい。

真田隊が銃撃戦をしかけてくる。

松平隊では、援護射撃をしかける。

川底の縄や甕《かめ》に馬の足をうばわれながらも、松平の侍たちは果敢に渡渉した。なかには落馬する者もあったが、すぐに這いあがって馬をたてなおす。

その勢いに、真田の武者たちはたじろいだ。

あっという間に柵が倒され、松平隊が西岸に立った。

「なにほどのことがあるものか」

東岸で戦いぶりをながめていた忠直は、馬の鞍《くら》をたたいてわらった。

戦場にぞくぞくと到着してくる本隊の足軽たちを、そのまま川に飛び込ませた。

「かかれ、功名のときぞ」

母衣武者が一騎、最前線からかけもどってきた。

「真田は膳所に敗走しておりますッ」

「底のしれた臆病者であったか」

首を傾げたのは、家老の飛田。

「策略かもしれませぬ。深追いは禁物。ひとまず……」

「黙れッ！　大御所様は、なによりも真田幸村の首級をご所望なのだ。わしが届けてくれるわッ」

忠直は馬の腹を蹴ると、たくみに手綱《たづな》をあやつり、さっさと瀬田川を渡ってしまった。

真田幸村は、湖岸からほんのすこし西側の山中にひそんで、大助と碁を打っていた。昼から打ちはじめて一勝三敗。四目《よんもく》置かせたにしては、かなり分が悪い。

「父上、松平勢が攻め込んできました。そろそろ出陣いたしませんと」

「まだだ。あわてるでない」

幸村は碁盤《ごばん》から目を離さない。

「この端の白も死んでおるか、いやいや、大助は腕をあげたものよ」

瀬田川河畔にいた真田隊二千の兵は、むろん囮《おとり》である。

わざと敗走して敵を膳所あたりまで引き込む。ただ逃げるばかりではなく、適当に戦いながら負けたふりをして敵に深追いさせるのだから、采配はよほどの巧者でなければできない。由利鎌之助はそれをみごとに指揮しとげている。

真田の別働隊二千と後藤隊、木村隊の合計一万二千人がこの山中にひそんでじっと出陣の機を狙っている。

さきほどから湖畔の合戦の声が山中に響いてくるが、幸村は顔もあげない。

「松平忠直が瀬田川をわたりました」

母衣武者がかけこんできて、落ちついた声で告げた。

「うむ。しかし、投了《とうりょう》はせんぞ。大助のことよ、どこかに欠け目があるはず」

「父上。母衣武者の報告をお聴きになりませんでしたか。松平めは……」

「うるさいのぉ、考えられぬではないか。川を渡ったばかりなら、ここに来るまではまだ間があるわ……。おっ、さてこそ、大助の失態を見つけたり」

幸村が白石を置くと、大助の黒石が大きく分断された。勝敗の形成が一挙に逆転したのだ。

「どうだ。これにて大勢が決したであろう」

「囲碁など、どうでもよろしゅうございます」

「よくはない。これも勝負。合戦も勝負だ」

松平忠直は、勝ちに気持ちが高ぶっていた。

敵は名高い真田勢である。その真田が面白いように逃げていく。

(戦などこんなものか)

忠直は自分が英雄だと思った。

(日本一の強者《つわもの》はおれよ。初陣からこんなに武運があるなら、祖父家康に合戦をしかけても勝てるかもしれん。いっそのこと天下を狙うか)

勝ちは、未熟な人間を傲慢《ごうまん》にする。

忠直は、抵抗をつづけながらも逃げまどう真田兵を追って、膳所の先にまで進んだ。

山からどよめきがひびいたとき、忠直は最初、山崩れかと思った。

実際、彼の目には山が動いて見えた。

朱にそまった山の紅葉が、そのままこちらに突進してくるように見えた。

真田の旗であった。

赤い旗をかかげた真田の大軍であった。

忠直の背筋に悪寒《おかん》がはしる。

しかし、そのときはすでに、忠直の部隊は戦線を長くのばしすぎていた。

のびきった隊列の真横から、真田、後藤、木村の新手があらわれたのだ。

部隊の動揺がいちじるしい。山から迫《せま》ってくる軍勢に、忠直隊の将兵は、湖岸の浜に追いやられた。大勢の兵が琵琶湖の深みに逃げ、甲冑のまま冷たい湖水に溺れ死んだ。

真紅の具足をつけた武者に、脾腹《ひばら》を槍で突かれたとき、忠直は苦痛のなかで初めて自分が未熟者であることを悟《さと》った。


大垣城にかけもどってきた配下の忍びから報《しら》せを受けると、半蔵はいったいどんな顔でこの凶報を家康に告げるべきか、しばし思案した。

よい思案などあるわけがない。

半蔵はなにも表情には出さず、奥書院にとおった。

家康は日本地図をまえに沈思黙考《ちんしもっこう》していた。

そばに本多正信がひかえている。

「なにがあった」

地図から目をはなさず、家康がたずねた。

「松平忠直殿戦死。軍勢は壊走いたしました」

「あのたわけが……」

家康は地図をにらんだままだ。

正信は顔をゆがめただけでなにもいわない。

「半蔵よ」

「はっ」

「たわけとは組みとうないものだ」

「御意《ぎょい》」

「わしはこれまで何十回も戦をした。負けたのはたった二度。信玄とあの真田の親子だけだ。それ以外はぜんぶ勝った。なぜ勝てたかわかるか？」

「さて？」

「勝てる戦だけしたからよ」

言われてみればそのとおりだった。家康ほど合戦の前の瀬踏《せぶ》みを慎重におこなう武将はいない。勝てる相手にだけ合戦をしかけてきた。信長や秀吉に正面から対決しなかったのは、相手が強大すぎたからだ。

「勝てる相手とだけ戦い、強い奴は自ら滅びるのを待っていた。それがわしの兵法《へいほう》だ」

(おもしろみのない流儀だ)

半蔵はこころのなかでそう思ったが、むろん口にはしない。

「真田はたわけか？」

「はて……」

半蔵には、家康の問いの真意がわからない。

「あの昌幸めの倅ならば、たわけではなかろう」

家康は目を閉じた。

しばらく黙り込んだ。

やがて、眼を大きく見開くと、小声でつぶやいた。

「全国すべての大名に陣触《じんぶ》れをだせ」

「陣触れはすで……」

「いや、倍の兵を集めるのじゃ。五十万の軍を集めよ。豊臣に必ず勝つために、数で押し寄せる」

家康の命令にしたがって、陸奥《むつ》の伊達政宗《まさむね》から薩摩《さつま》の島津家久《いえひさ》まで古今未曽有《ここんみぞう》の大軍勢が、ひたひたと摂河泉《せっかせん》三国に向けて押し寄せた。

第六話
日本東西大分断

一

瀬田川の合戦で松平忠直の部隊を壊走させた真田幸村は、瀬田川防備を後藤基次にまかせて、わずかな近従を引き連れただけで山崎天王山の秀頼のもとにもどった。

秀頼は宝積寺《ほうしゃくじ》の本堂を本陣として、西国《さいごく》大名たちに連絡をとりつづけていた。祐筆《ゆうひつ》（代筆者）が二十人以上も集められ、連日膨大な書状が発信されている。

緒戦の勝ちがあるだけに、書状の発信には力がこもる。

「そのほうの合戦ぶりみごとであった。彦根まで落とすとは武勇このうえない。まことに日本一の強者」

「さようさよう。さすが真田家の武略。感服しましたぞ」

秀頼より興奮ぎみなのは、大野修理である。

「いや、勝負はこれからでござる。西国大名のうち、どれだけがこちらについてくれるか。すべてはそこにかかっております」

「うむ。すべての西国大名に連絡をとっておる。ひとたびは参陣をことわった者たちも、このたびの近江での戦勝にこころを動かされるであろう」

「肝心な三家には、格別のご配慮をたまわっておりますでしょうな」

「むろんのこと。ぬかりはない」

秀頼が大きくうなずいた。

幸村がいう「肝心な三家」とは——

安芸《あき》広島五十万石福島正則《まさのり》。

伊予《いよ》松山二十万石加藤嘉明《よしあき》。

筑前《ちくぜん》福岡五十二万石黒田官兵衛《かんべえ》の子長政《ながまさ》。

いずれも故太閤秀吉近侍の武闘派の武将である。

秀吉の家臣団が巨大になるにつれて、石田三成ら文官派の武将が台頭。朝鮮出兵で武闘派諸将との亀裂が頂点にまで高まっていた。

秀吉の死後、家康は「三成憎し」の急先鋒である福島正則を取り込み、武闘派の大名たちを東軍に組み込んでしまった。

しかし、もとはといえば、豊臣恩顧の大名である。

機会さえあれば、ぜひにも豊臣の世を望んでいる。

加藤清正や前田利家《としいえ》が死んでしまったいま、この三人は豊臣家にとって、欠かせない人材である。

むろん、家康もそのことはよくわきまえているので、このたびの合戦では、この三人を江戸の屋敷にとどめ、領地にいる息子たちに出陣を指示している。

(包囲軍のなかで寝返りなどされたらこちらの負けになる)

家康はそうかんがえている。

この三人が江戸屋敷で、

(豊臣軍、近江で徳川軍を打ち破る)

の報に接すれば、気が気でないはずだ。

「あの三人が動けば、西国大名の多くが動くであろう」

大坂城を出てほんの数日しかたっていないのに、秀頼は外の空気を吸って、大将としての風韻がそなわってきはじめた。

冷静で沈着な表情にそれがあらわれている。

「さよう。それも秀頼公のご出陣があってのこと。加賀百二十万石の前田利常《としつね》、紀州四十万石の浅野長晟《ながあきら》、筑後三十二万石の田中忠正《ただまさ》が豊臣の味方になれば、大きく情勢がかわってまいります」

いずれも豊臣家とは関係の深い武将だ。

かねてから幸村が主張していた〝東西分断〟の戦略が、豊臣家ネットワークをベースに完成すれば、まさしく日本は大きく変わらざるを得ない。

「秀頼公関白《かんぱく》ご就任の件はいかがか」

幸村がたずねた。幸村は近江出陣にあたって、伯父今出川大納言への工作のつづきを、大野治長に託していたのだ。そういう政治向きの工作ほど、大野治長の得意とするものはない。

「すぐにというわけにはまいらぬが、このままわれらが西国を治めるようになれば、間違いはござらぬ」

秀頼公が関白に就任すれば——

西国は関白。

東国は将軍。

という図式ができあがる。

それこそまさに幸村の政略なのだ。

すでに、戦いは戦略から政略の段階にはいっている。

「修理よ、気をせくでない。われらはまだ徳川の出城を三つ四つ落としたにすぎん。西国にはまだまだ敵が大勢おるのだ」

秀頼が大野修理を制した。

「まことに……」

頭を下げた大野修理治長の眼に、涙がにじんでいた。頼りなげだった秀頼が、かくまで成長したことが本心からうれしくてしかたないのである。

近江での豊臣方の戦勝は、山崎の秀頼や大野修理が考えている以上に、大きな波紋を全国の大名になげかけた。

なかでも、豊臣恩顧の大名たちへの衝撃が大きい――

江戸の福島屋敷へは、忍びの佐助がみずから足をはこんだ。

寝返りの危険がある福島正則の屋敷は、徳川の監視がきびしい。その監視の網をくぐって、深夜、佐助は正則の寝所に忍び込んだ。

正則を起こそうと、肩に手をのばすと、手がふれる前に正則がカッと大きく眼を見開いた。

「なに奴《やつ》」

佐助は枕頭《ちんとう》に平伏して名乗りをあげ、幸村の書状を手渡した。

福島正則は、眼をらんらんと輝かせて幸村の書状を開いた。

「彦根まで進軍したとはまことか」

深夜だというのに、正則は大きな地声をあげた。この勇猛な武将は、秀吉のもとで戦場を駆け回っていたころから、やけに声が大きい。

「殿、いかがなされましたか」

襖《ふすま》一枚むこうで不寝番をしている武士が声をかけた。

「よい、寝言《ねごと》である。気にいたすな」

福島正則は、枕もとの短檠《たんけい》の芯をのばし、明るい光でもういちど書状を点検した。

「まことに幸村の花押《かおう》（サイン）である」

「ぜひとも、豊臣家にお味方いただきますように、右府公（秀頼）からたってのお願いでございます」

「といわれてもな……」

正則は天井をあおいだ。

「ごらんのとおり、わしは蟄居《ちっきょ》同然の身。なにほどのことができようか」

「ご希望とあれば、すぐにでも江戸を抜け、山崎の秀頼公のところにお連れ申し上げます」

「そのようなことができるのか？」

「おまかせあれ。われら忍びにできぬことはございませぬ」

「わし一人ではない。加藤も黒田も連れていくのだぞ」

「江戸湾に堺の船が用意してございますゆえ、何人なりとてもお連れできます」

船は堺商人を工作してすでに手にいれてあった。

正則はしばらく褥《しとね》のうえで唇を嚙んでいたが、やがて大きくうなずいた。

「虎之助《とらのすけ》（加藤清正）が生きておれば、まっさきに山崎に駆けつけたがったであろうが……。家康の豊臣家へのやりくち、わしはどうも気にくわん。久々に血がさわぎおるわい」

立ち上がった老将は、佐助が圧倒されるほど強烈な精気を発散していた。

周防萩《すおうはぎ》三十七万石の城主毛利長門守秀就《ながとのかみひでなり》が豊臣秀頼からの密書を受け取ったのは、すでに大坂への進軍を開始し、安芸で福島正則の次男福島備後守忠勝《びんごのかみただかつ》と合流した日であった。

その夜、広島城をあずかる忠勝は、秀就を茶の湯に招いた。

忠勝は十六歳。

秀就は二十歳。

ともに若輩ながら、凛たる大将である。

忠勝は人払いをして、秀就とふたりだけで広島城内の茶室にこもった。

狭い二畳の茶室では、釜《かま》がちろちろと湯をたぎらせていたが、忠勝は茶を点てようとはしなかった。

「右府公からの書状、秀就殿のもとへも届いておりましょう」

秀就は黙ってうなずいた。

「どうご覧になります」

「内府（家康）殿はかんかんでござろう」

秀就はおもしろくもなさそうに言う。

毛利家は、もともと中国十二か国を領する戦国屈指の大名であった。関ヶ原の合戦で、秀就の父輝元《てるもと》が西軍の主将として戦ったため、家康によって周防、長門の二国に領地を削減されてしまった。

家康への憎しみは深いが、また、家康の強さも身にしみている。

「おそらく父正則は、いまごろ江戸で血をたぎらせていることと思われます。もし、われらが豊臣の旗をかかげれば、情勢は一変しますぞ」

「しかし、あの徳川の親父《おやじ》は、われらが敵とするにはちと強すぎるわ」

「強いから戦わぬとおおせあるか」

「われら毛利がわずか二か国に甘んじておるのも徳川が強いからだ。討てるものなら、とっくに討っておる」

福島忠勝は沈黙した。

茶室では、釜の湯の音だけがしずかに響く。

「わたしは、秀頼公の書状に感銘をうけました」

忠勝が、秀就の瞳《ひとみ》を正面からみすえた。

「ふむ。それは同感だが……」

秀頼の書状には、徳川家が天下を私物化しようとしている旨《むね》が連綿としたためられたあと、意外なことが書かれていた。

忠勝は、懐《ふところ》に入れてあった書状を取り出すと、はらりと開き、声に出して読んだ。

「天下は一人の天下にあらず。天下の天下なり。合戦をなくし、民を豊かに国をおさむるには、臣《おみ》(大名)の評定を日本国の基とする。まさにこれ、豊臣の世なればなり」

天下は実力あるものが力づくで手にいれるものときまっていた当時にあって、これは奇想天外な案であった。

「評定などによって国がまとまるものか」

「さよう。わたしもそう思います」

「うむ」

毛利秀就は、しばらく黙っていたが、茶を一服所望した。

福島忠勝が、若年にしては落ちついた手つきで茶筅《ちゃせん》をうごかし、茶碗をすすめた。

ゆっくりと茶を口にふくんで味わってからも、毛利秀就はしばらく黙っていた。

「正直にいえば、わたしは秀頼公の書状を読んで、夢を見はじめた」

さきほどまでの否定的な言辞とは裏腹なことばが秀就の口からこぼれた。

「秀頼公は、あたらしい時代を始めようとお考えだ」

「そのことです」

喜悦に満ちた顔で、福島忠勝がひざをのりだした。

「わたしもそれを感じました。徳川の世となれば、われら大名は、いつ改易となるか、転封《てんぽう》となるか、あるいは取りつぶしとなるか、つねに戦々恐々《せんせんきょうきょう》、将軍家の顔色ばかりうかがって暮らさねばなりません」

忠勝のいうとおり、徳川将軍家がつくろうとしている新体制は、一種の恐怖政治である。将軍家から所領を安堵《あんど》された大名たちは、参勤交代で江戸におもむいてご機嫌をうかがい、天下普請で徳川の城をつくって忠誠を示さねばならない。それがどんな窮屈な世の中であることか。

福島忠勝も、毛利秀就も、家康などにしてみれば、孫の世代である。

その孫の世代には、すでに新しい世の中を希求する精神が芽生えていた。

「しかし、問題なのは、その現実性だ」

毛利秀就が、いかにも毛利家らしい手堅い発想で、秀頼の構想を批判した。

「大名合議の評定によって国のありようを定めるなど……。話がまとまればよいが、まとまらぬ場合はどうするのか」

「いや、いまこそわれらはまとまらねばならぬときでござる」

秀頼の書状は、つづけて海外勢力の日本侵攻の危機を説いていた。

これまで来航していたポルトガル、イスパニアの南蛮人だけではなく、最近ではイギリス、オランダの紅毛人も大勢やってくる。彼らが日本での利権をあさろうとしているのは、誰の目にもあきらかだ。家康の政策のように、ただ切支丹《キリシタン》を禁教にして国を閉ざせばすむという問題ではなくなっている。

秀頼は、いたずらに国を閉ざすのではなく、海外勢力に対して矜持《きょうじ》をもって対応できる政権をつくろうと説いているのだ。

「わたしとて、徳川の世になって、徳川家のために城をつくったりするのは、はなはだ不愉快だ。なぜ、わしらが江戸に参勤せねばならん」

「さよう。領国内には、解決せねばならぬ問題が山積みしております。民の困窮《こんきゅう》をおもえば、道をつくり橋をかけ、水のない田地には用水をひく必要がある。米ばかりつくるのではなく、綿花を育て、機《はた》を織る技術をひろめてやるのも大切だ。国が豊かになれば、いたずらに領地をあらそう必要もなくなるではありませんか」

その殖産興業の政策こそ、まさに秀頼の眼目であった。

合戦の経験をもたない若い武将たちに、新しい国づくりを訴えている。

「そうなのだ。たしかに秀頼公のおっしゃる通りなのだ。しかし、問題は、すべての大名がそれに同意するかどうか。元亀天正《げんきてんしょう》の戦乱の世をなつかしむ者は多い。大坂城に参集した牢人たちのなかにも、あわよくば、一国一城の主となることをのぞんでいる者も多いのだ。それをなんとする」

「力で滅ぼさねばなりますまい」

福島忠勝が、大きく眼をひらいた。

「理想の世の中が、血をながさずにおとずれるとは思っておりませぬ。はじめのうちは粛清《しゅくせい》も必要でしょう」

「日本国すべての大名が賛成すると思うか」

「いえ、やはり西国《さいごく》だけでしょう。東国《とうごく》は徳川家の顔色をうかがっていればよい。むろん、われらに賛同する大名なら、東国であってもよろこんで迎え入れるべきです」

「ふむ。ともかく大坂へ行くか……」

毛利秀就が瞼《まぶた》をとじて、小さくつぶやいた。

「できれば、ほかの大名たちとも話したい。まずは、島津殿」

「島津殿とて、徳川の世をよろこんでおられるはずがありません」

「むろんだ。しかし、西国にも徳川加担の大名は多いぞ。土佐の山内忠義《ただよし》、播州の池田利隆は手強いわ」

「東国へ追いやりましょう」

「簡単にいいよるわ。合戦をせねばならぬのだぞ」

「豊臣家のためではありませぬ。われら西国の大名のため、民のためです」

毛利秀就は大きく息をすいこんだ。

「世の中がかわってきたな。もはや戦国のおいぼれたちの世ではない。われら新しい世代が国をつくっていくときだ」

秀就と忠勝は、そのあと、深夜までずっと新しい国をどのようにつくっていくかを話し合った。


薩摩七十三万石の島津家久が、秀頼からの書状を受け取ったのは、大坂出帆の風待ちをしているときだった。

風がないため、桜島《さくらじま》の噴煙は太くまっすぐ天にのぼっていく。

鶴丸《つるまる》城の表書院で、書状を手にした家久は、

「豊臣家加担のことなら、すでに断りを送ったではないか。しつこい奴等《やつら》め」

と、ひとりごちた。

豊臣家からの書状に、まっさきに断りの返書を送りつけたのは、三十七歳のこの家久だった。

「豊臣家に恩はあるが、それはすでに関ヶ原の合戦で父義弘《よしひろ》が西軍に出陣して返した。徳川家は合戦で破れた西軍の島津家にたいして遺恨《いこん》を捨て、島津家を残してくれたのだから、新しい恩がある。お誘いははなはだ迷惑だ」

というのが、家久の論旨だった。家久は秀頼から送られてきた正宗の脇差を返書とともに送り返している。

そのいっぽうで徳川家康には、

「東国御一味のこと」

と、はっきり徳川に味方する旨を記した書状を送って、旗色をあきらかにしている。

しかし、世間はそう見ていない。

「島津氏別心」

は、とかく東軍の陣中で噂になりがちだ。

家久も、それを気にしている。

だから、この期におよんで豊臣家からの書状が届くなど、はなはだ迷惑。

しかし、書状を読んだ家久のこころに、小さなさざなみがたった。

「豊臣が、彦根城までおとしよったか……」

それが真実かどうかは、これから届く忍びたちの情報で判断しなければならないが、少なくとも秀頼が書状でそういってきている以上、まんざら作り話でもなかろう。

家久にしても、徳川加担を表明しているのは、世の中の趨勢《すうせい》が徳川に傾いていたからだ。徳川が好きなわけでも、根っから忠誠をつくしているわけでもない。日本のパワーバランスを考慮した政治的な決断であった。

家老の北郷忠清《きたごうただきよ》に書状を読ませた。

「これは、しかし……」

豊臣方の戦勝が真実であるかどうか、豊臣家からの書状だけでは判断がつきかねると北郷はいう。その点、九州の果てにある島津家は情報が遅れているから、どうしても判断もおくれがちになる。

「おもしろいのは、そのあとよ」

近江での戦況を報告したあと、書状は、大名合議制の国づくりを説いている。その世話方、すなわち顧問格の議長団の一人に、家久も就任せよと呼びかけているのだ。

「どういう世の中にするつもりなのか……」

家久の想像力では、明確な像がむすばない。

「改易、転封などはすべて大名の評定によって決する」

といわれても、そんな話があっさりまとまるものかどうか、まるで見当がつかない。

「とにかく、風を待って大坂に行かねばなるまい」

家久は、時間がたつにつれて、心のなかの波紋が大きくひろがっていくのをどうしようもなく感じていた。

前田利常《としつね》は、一万二千の軍勢を率いて瀬田川の東、草津《くさつ》に駐屯していた。

物売りに変装した佐助の配下が陣中に書状を届けると、二十二歳の利常は、まず、忍びをしばりあげさせた。そのまま書状とともに、家康の陣に引き渡すつもりだったのである。

しかし、書状を読み終えると、利常は忍びを放免した。

「おもしろいときに、おもしろいことを言い出したもの」

利常は、書状を自分で焚き火にくべてていねいに燃やした。

近江の戦線は、越前の松平忠直隊が大打撃を受け壊走してからというもの、膠着《こうちゃく》している。

陣中の空気はかさかさしていた。

寒い季節にむかっているなか、野陣《のじん》がながびけば、将兵の疲労が増す。

勝ちに乗じている戦ならよいが、緒戦で負けていると、どうしても兵の志気が低下する。

しかも、このたびの合戦では、恩賞は期待できない。

豊臣家の領国はわずか六十五万石。

これをすべて没収したとしても、分配すればせいぜい数万石の加増しか得られぬだろう。加賀百二十万石の太守にとっては、微々たる数字でしかない。

秀頼の書状は、このたびの戦によって、前田家がなにも得るものがないうえ、徳川政権がますます強大となり、各地の大名が身動きできなくなることを切々と説いていた。

そのうえで、西国大名の連合政権をつくろうという。

二十二歳の利常にとっては、その呼びかけが衝撃だった。

「天下は徳川のもの」

関ヶ原の合戦以降ものごころのついた利常にとって、それが常識であった。

しかし、秀頼は、まるでちがった発想から日本の国を治めようとしている。

「前田家は、豊臣家にも徳川家にも恩がある。そのようなことをいうても詮《せん》はない。これからはいかに国をつくり上げていくかが大切。それは秀頼公のいうとおりだ」

前田利常は、内心そうかんがえたが、近臣《きんしん》にはひとこともらさなかった。

ただ、

「こたびの合戦、ゆるゆるとまいろう」

重臣や侍大将たちを集めて、そう言い渡した。


大垣で自分の本隊三万と合流した家康が近江に入ったのは、十月二十日である。

彦根城の焼け跡を自分の眼でたしかめた家康は、たるんだ瞼をしばたたかせただけで、なにもいわなかった。

その夜は彦根城の近くに野陣をしいた。

夜はかなり冷え込む。

真田隊は瀬田川にしりぞいたとはいえ、ゲリラ戦を得意とする彼らのことだ。いつ襲撃があるやもしれぬ。

陣には煌々《こうこう》と篝火《かがりび》を焚かせた。


本多正信がひかえている。ふだんは現将軍秀忠につけている正信だが、事態が急迫してきて、家康はむかしから重用している正信を自分のそばにおいた。

甲冑を着込んだ重臣たちが床几に居並んでいる。

末座に服部半蔵が膝を地につけてひかえている。

「半蔵よ、大和《やまと》はどうなっている」

「藤堂高虎様、ご苦戦でございます。藤堂隊四千に対し、長宗我部隊はなにしろ二万。押されて木津までひきさがっております」

「堺は？」

「紀州の浅野長晟が七千、岸和田の小出吉英が五百を率いて出撃したものの、こぜりあいばかりではかばかしい進展はありませぬ」

「むこうは、明石全登であったな」

「はっ、切支丹どもがぞくぞく参集して、人数がふくれあがっております。あやつら、デウスのためなら命を惜《お》しみませぬゆえ、攻めにくい敵でございます」

「西はどうだ。姫路の池田利隆が奮戦しておるであろう」

「はっ、池田勢八千に対して、尼崎にて大野治房ら一万五千が守っておりますれば、後詰めの福島忠勝、毛利秀就らの参着が必要かと。福島、毛利をあわせますれば一万の軍勢ゆえ……」

「わかった」

家康は、手で半蔵をはらった。

「こしぬけどもが」

最後の罵倒《ばとう》はきこえぬふりをして、本多正信が口をひらいた。

「しかし、このままわれらが進軍し、伊賀に迂回して木津に出れば、正面から天王山が突けもうす。十万ばかりの軍勢であちこち出ておりますゆえ、秀頼の本陣はきわめて手薄。なんのご懸念がございましょうや」

「たわけ、本多も耄碌《もうろく》したものよ」

家康はいたって機嫌が悪い。

「たかが秀頼一人をなきものにするために、こんな大戦《おおいくさ》になってしもうたわ。あとのことをかんがえてみよ」

家康としては、徳川の威光を示すために、大軍を動員して大坂城を包囲するつもりであった。

実際の戦闘など、できるだけ少ないほうがよいのだ。合戦をすれば、功績をあげた大名には恩賞を出さなくてはならない。それよりも、できるだけ粛々と大坂を包囲し、最後に指の先でひねりつぶすようにして秀頼を殺したほうが、どれだけ今後の徳川家のためになるか。

現状は、家康が胸中に描いていた絵図とは、ほど遠くなってしまった。

しかし、どんな状況に置かれても、そこから最善の策を築き上げるのが、武将の頭脳である。

「この家康最後の合戦。万にひとつもし損じてはならぬ」

家康が大声で諸将に命じた。

「かくなるうえは、秀忠の到着をまったうえで、われらは山崎にむかう。秀忠は大和から河内にぬけさせ、大坂城を攻めさせる。いっきに決着をつけてくれるわ」

家康本陣の篝火が、その夜は、ひときわ猛々しく燃え盛った。

将軍秀忠が近江にはいったのは、それからなお十日あまり、十一月になってからのこと。

家康はじりじりしながら、いつも大事な合戦に遅れてくるできの悪い息子を待たなければならなかった。

二

十一月——

家康は、藤堂高虎隊四千、出羽《でわ》の上杉景勝《かげかつ》隊五千、陸奥南部利直《としなお》隊三千などと合流。総勢四万五千を引き連れ、すでに伊賀上野をとおり、木津川《きづがわ》沿いに北上を開始した。山崎まで四里（十二㎞）の距離である。

将軍秀忠の本隊三万と伊達隊一万は、長宗我部隊を押しつつ大和から生駒山脈を越え、河内をうかがっている。

四国勢は岸和田に上陸。紀州勢と合流して総勢二万八千。

尼崎には中国勢、九州勢が到着して総勢七万五千。

丹波《たんば》亀岡方面からは、山陰勢八千が洛中をうかがっている。

近江方面からは加賀前田隊ら二万三千。

事態はまさに一触即発のときをむかえている

――


佐助の手引きで江戸を脱出した福島正則、加藤嘉明、黒田長政の三人は、海路伊勢に上陸。伊賀山中をひそかにぬけて、天王山にやってきた。

敵中突破の山越えにいささか疲労がにじんだが、宇治からは佐助が馬を用意していた。家康軍のさきまわりをするように馬を駆けさせると、天王山の中腹に、太閤伝来の惣金《そうきん》の幟《のぼり》や桐の旗が翩々《へんぽん》とひるがえっているのが見えた。

先頭を駆けていた福島正則が、手綱をしぼって馬を停めた。

「あの旗を見よ。あの日を思いだすわい」

「さよう。あれから何年がたつか」

感慨ふかげにうなずいた黒田長政は、秀吉の天王山の合戦にはまだ十四歳の小姓として従軍していた。加藤嘉明が二十歳、福島正則が二十二歳の若武者であった。

ここ天王山で、秀吉が明智光秀を打ち破ったのは天正十年(一五八二)。それから三十二年の歳月が流れている。

中国攻めの最中に信長の死を知った秀吉は、毛利輝元と和議をむすび、すぐに京に向かった。い

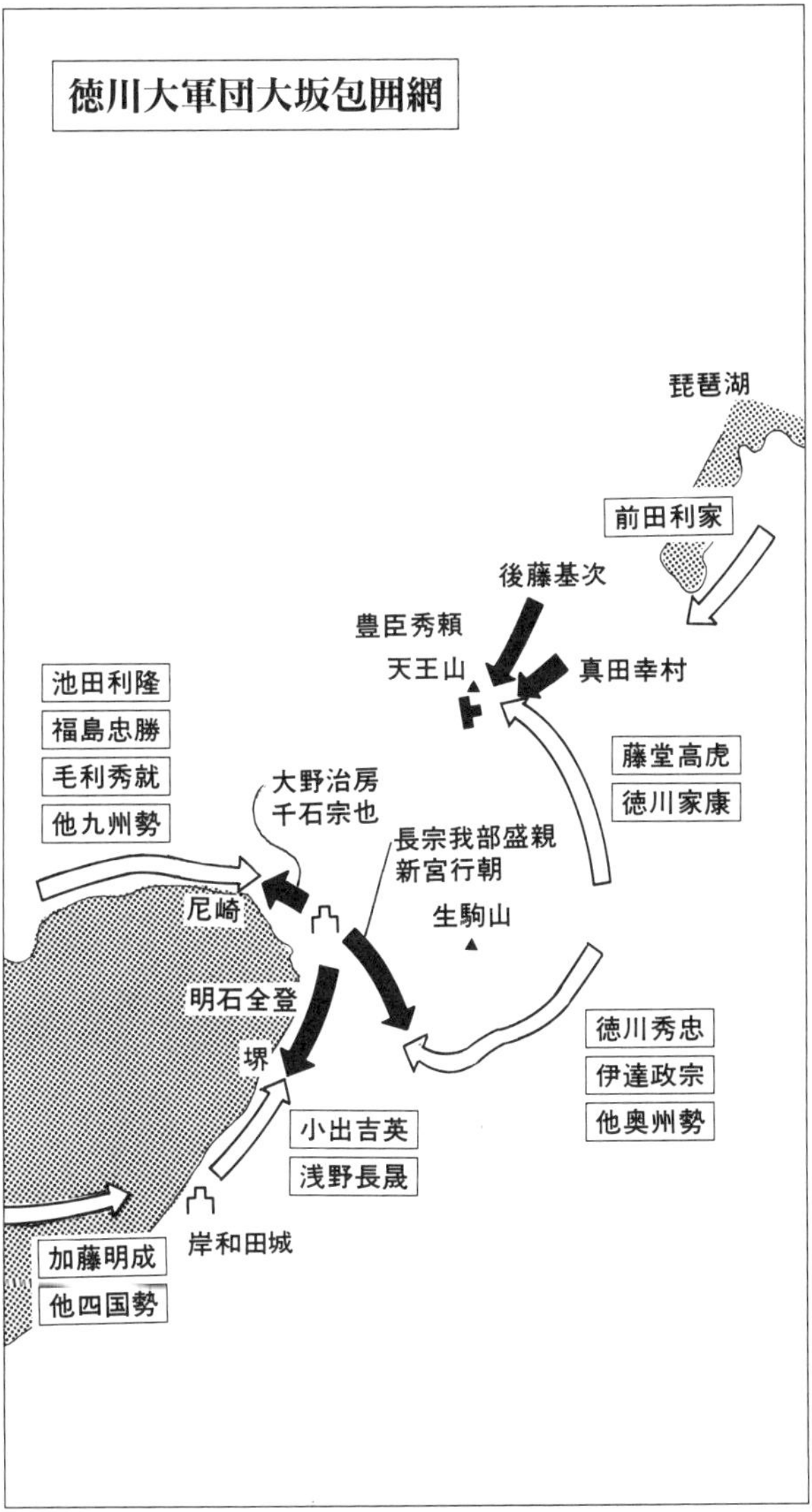
徳川大軍団大坂包囲網
琵琶湖
前田利家
後藤基次
豊臣秀頼
天王山
真田幸村
池田利隆
福島忠勝
毛利秀就
他九州勢
藤堂高虎
徳川家康
大野治房
千石宗也
長宗我部盛親
新宮行朝
尼崎
生駒山
明石全登
堺
徳川秀忠
伊達政宗
他奥州勢
小出吉英
浅野長晟
岸和田城
加藤明成
他四国勢

わゆる中国大返しである。

山城と摂津の境界線にある狭隘《きょうあい》な山崎の地にいたった秀吉は、あたりを眺めわたして、まず、

「あの山は、明智にとられているか」

と、天王山を指さした。

まだだと知ると、秀吉はすぐにその山に旗をかかげるよう堀秀政《ほりひでまさ》に命令した。

山の中腹の松にかかげられた幟が、山崎の合戦で秀吉軍を鼓舞した。

「あの旗があったからこそ、勝てたみたいなものだ」

無口な加藤嘉明が、めずらしく自分から口をひらいた。

「そうさな、あの山が、われらを太守にしてくれたのだ」

豪傑で知られた福島正則が涙を流した。ここで明智を倒すまでは、知行すらもたぬ身だったのだ。

正則も嘉明も、武士の身分ですらなかったのに、秀吉に拾われて戦場をかけまわっているうちに、しだいに知行がふえ、それぞれ数十万石を領する大名となれたのだ。

その人生の航跡をふりかえれば、涙が自然にあふれてくる。

(いまいちど)

豊臣家の時代をつくりたいとの念がつのってくる。

陰気な徳川家が政権をにぎっているかぎり、世の中はおもしろくもおかしくもない窮屈なものになるだろう。

旅の道すがら、佐助に聴いたところでは、秀頼公は聡明で闊達《かったつ》だという。

天王山にかかげられた旗をながめた三人の豊臣

恩顧の大名は、往年の闘志が全身にみなぎってくるのを感じていた。

幸村は、淀川河畔まで出向いて福島、加藤、黒田の三将をむかえた。

「敵軍がうようよいるなかをおいでいただいて、かたじけのうござる」

「なに、豊臣の旗がひるがえっておるのに、われらが駆けつけぬとあっては寝覚めが悪いわ。のう左馬助《さまのすけ》（加藤嘉明）」

「おう。このまま徳川の世が続いては、外様のわれらは、いつかかならずや改易や廃絶をうけるであろう。そうならぬうちに、一戦まじえておくのが上策」

「まことに。徳川殿は周到な老人ゆえ、豊臣系の大名は根絶やしにする腹づもりでござろう。そうなってはたまらぬわ」

宝積寺では、山の下に秀頼が出迎えていた。

秀頼は、紅糸威《べにいとおどし》の大鎧《おおよろい》を着込んでいる。簡略な当世具足が好まれる風潮だが、大柄な秀頼には優美で精緻な王朝風の鎧がよく似合った。

床几に端然とすわっている秀頼に、福島、加藤、黒田の三人が膝をついて頭を下げた。

「参着、大儀である」

声をかけられた福島正則はぽたぽたと涙を落としている。荒武者も五十歳をすぎて、涙腺が弱くなったのか。

「われら、このたび、西国に新しい天下を築くため挙兵した。徳川の言いなりにはならぬ。われらの国を築きたい。力をかしてくれような」

「申すまでもありません」

三人の武将は、深々と頭を下げた。

宝積寺では、さっそく軍議が開かれた。

秀頼の前に、片桐且元、長宗我部盛親、大野治長、真田幸村がいる。

福島正則、加藤嘉明、黒田長政の三人がまじって、板敷きの本堂で地図を囲んだ。

徳川軍と豊臣軍の配置をじっとながめていた福島正則は、あからさまに困惑の表情をうかべた。

「ここまで敵に迫らせておいて、なぜ大坂の城にもどらぬのか」

「戻ります。しかしそれは、家康の首をとってからのこと」

毅然《きぜん》と言い放つ幸村に、三人の武将が唸《うな》った。

「いくらなんでも無謀すぎぬか」

加藤嘉明が腕をくんで首をかしげた。

「さよう、無謀でござる。しかし、ひとたび籠城《ろうじょう》してしまえば、撃って出る機会ははなはだ少なくなる。綱渡りをせねば、家康の首はとれませぬ」

幸村がいう。

「たしかにそのとおりだが……」

黒田長政も眉を懐疑的に曇らせた。

「真田殿が近江で勝ちをあげてくれたおかげで、大名たちには動揺が広がっておる。東国勢はともかくとして、尼崎や岸和田に集結している西国大名たちは、帰趨《きすう》にとまどっておる」

片桐且元が膝をのりだした。

「しかし、われらが籠城してしまえば、どうしても守る側と囲む側に分かれて睨みあわねばなりません。いくら豊臣に味方するつもりがあっても、包囲軍のなかから寝返って城内に駆け込むのは、むずかしいものでござる」

幸村が声をひびかせた。

つぎに口を開いたのは、秀頼自身だ。

「敵は大坂城に主力を置いて囲もうとしている。いま、われらにむかって来ているのは、家康の本隊。この機をとらえて、いっきに家康の首級をいただく。かなわぬときは、われらそろって討ち死するばかり」

秀頼のことばに、一同はしばらく沈黙した。

「そこまでのお覚悟ならば、かならずや、家康めの首、討ち取れましょう」

福島正則がすすり泣きながらいった。

「いや、ほかのだれより、それがしが家康の首級、取って進ぜよう。あの老人、あまりに無体すぎるわ」

「おう。しかし、ただ闇雲に突っ込むわけにもいくまい。家康隊は、藤堂らが合流して四万五千になっておる」

黒田長政がたずねる。

「われら、先日より二万の軍勢で大和をかためておったが、さすが先鋒の伊達隊の勢いはなかなかのもの。戦略でなくとも河内まで押されたでしょう」

軍議のためにいそぎ前線からひきあげてきた長宗我部盛親は、最前線の緊迫した空気をただよわせている。

「むろんのこと、あなどれるわけがない。しかし、やらなければならん」

幸村が言い切った。

「物見たちの報告によれば、家康の陣は総攻撃にむけての動きがはげしくなっている。おそらく明朝を期して攻めてくるはず。わたしはこれからすぐに瀬田に帰り、夜のうちに伏見に軍を移しておく。木津から来る徳川本隊の先鋒は、藤堂高虎。

あやつらがここに攻め込んできたら、防ぎながら大坂城にむかっていただきたい。

それがしは、後藤基次殿、木村重成殿と連携して背側面から家康の隊を突く」

幸村のあまりにも大胆な作戦に、一同はうなった。

「瀬田から前田隊が追ってくるであろうに」

黒田長政が後藤の身を案じた。

「もとより承知でござる」

基次は、自分の命などなんとも心配していない。

「危険だが、それがいちばん家康の首に近づく方法よな」

福島正則が大きくうなずいた。

「しかし、われら三人はなんとする。手兵がおらぬでは、戦うに戦えぬ」

「福島殿と黒田殿は今宵のうちに尼崎に走り、ご子息らとはからい、かの方面の戦線を攪乱していただきたい」

「ふむ」

福島正則はすこし思案顔になった。

「西の先鋒は姫路の池田利隆。後詰めの毛利軍は帰趨を決めかねている。福島殿と黒田殿がかたって背後から池田軍をつけば情勢は一変いたそう」

「ならば、わしは岸和田に行き、あの方面を乱してくれよう」

加藤嘉明の嫡男明成《ちゃくなんあきなり》は、伊予松山の軍をひきいて岸和田に上陸している。

「堺では、すでに紀州の浅野長晟が、われらに味方すると約束してくれています。浅野殿には、河内の秀忠軍をついていただく」

大野治長の報告に、一座に明るい感嘆があふれた。

「それは心強いわい」

「浅野殿にかぎらず、大名たちは、みな、われらの近江での戦勝にこころがゆらいでおります。しかも、秀頼公みずからのご出馬とあって、豊臣恩顧の家では、やはり腰がひけております。戦うには絶好の時期といえましょう」

「戦線が混乱しているうちに、堺の明石全登隊、尼崎の大野治房隊が、左右両翼から、淀川を南下してくる徳川隊を挟み討ちにする手はずがととのっております」

幸村が、まるで囲碁の手筋でも披露するように言った。

「しかしそれでは、摂津《せっつ》一面が戦場となるな。日本はじまって以来の大合戦ぞ」

福島正則の眼がぎらりと輝いた。


「さよう。明日の合戦にて、すべてが決する」

幸村の瞳が、福島正則の眼より、数段強い光を放った。

第七話

覇王《はおう》家康の首級《しるし》

一

霧のような雨が瀟々《しょうしょう》とふりしきる朝である。

「冷たい雨だな」

桃山《ももやま》丘陵にいる幸村は、もてあそんでいた遠眼鏡を懐にしまった。

桃山城は、さきごろ、豊臣軍の攻撃を受けて、すべて焼け落ちている。幸村は、兵を城下の伏見でたっぷりと休ませ、今朝あらためて陣をそろえた。

幸村は相変わらず甲冑をつけず、山吹色の小袖に赤い陣羽織。

霧雨のなかで、真田軍の将兵は、粛然《しゅくぜん》と出陣の下知《げち》を待っている。

幸村は、愛馬虚空蔵《こくうぞう》の首を親愛をこめて叩いた。白鹿毛の虚空蔵が、澄んだ大きな目でいななないた。ことばは通じなくても、幸村がいまなにを感じ、考えているのか、虚空蔵ははっきり理解しているようだった。

霧雨のなかを、忍びの佐助が走ってきた。鼠《ねず》色の忍者装束が雨の迷彩になっている。

「徳川軍先鋒藤堂高虎隊四千、洞《ほら》ヶ峠《とうげ》より男山の片桐且元隊に攻めかかりました。上杉隊五千、南部隊三千、家康本隊がこれに続いております」

幸村は、雨にけぶる彼方を見やった。

桃山丘陵の南にひろがる広大な巨椋池《おぐらいけ》が、雨のなかに淡彩の風景となっている。

宇治川が桃山丘陵南方の低湿地に流れこんでできたこの池は、真ん中に大きな島が四つ浮かび、驟雨《しゅうう》のなかで墨絵のように美しい。この優美な世界で、これから合戦が始まる。

家康は、すでにこの池の南に陣を進めている。

徳川軍は、まず、天王山と対峙する男山の片桐且元隊を追い落とし、そこを拠点に秀頼本営の宝積寺を攻撃する腹であろう。

「しずしずと出陣いたす」

幸村が金華の軍配を一旋させると、霧雨のなかの赤い軍団が、音を立てずに動き出した。

巨椋池南岸に陣をすすめた家康は、茶色の羽織に、袴《はかま》を穿《は》いた姿で、大きな傘の下の床几に腰をおろしている。

先鋒の藤堂高虎隊が男山の山頂に達したとの報告を受けると、家康は小姓に命じて甲冑を用意させた。まだ若かったころの家康が霊夢によってつくらせた黒漆の伊予札胴丸《いよふだどうまる》で、大黒頭巾《だいこくずきん》の形をした兜に歯朶《しだ》の前立てが立つ。けれんもてらいもない重厚な具足である。

小姓に手伝わせながら、太ったからだを胴丸に押し込めると、家康は両手で顔をなんどもはたいて気合いをいれ、ぶるぶると顔を震わせた。

「弥八郎《やはちろう》よ」

家康が、めずらしく本多正信を幼名で呼んだ。家康より四歳年上の正信は、元服前の少年時代から家康につかえていた。

「わしはこれまでに何回合戦をしたかな」

「さて、ざっと五十回のご出陣かと」

「ふん。そんなになるか」

家康は、槍を手に取ると、雨のなかで勢いよくふりまわした。

「合戦の前はいつも気が高ぶるが、このたびはまたひとしおだな」

「ご生涯最後の合戦となりましょうから。豊臣家がなくなれば、徳川に敵はいなくなります」

「最後の合戦か」

家康は小姓に命じて、松の枝に紙を下げさせた。紙には、墨で小さな丸を六つ書かせた。六文銭である。

その紙にむかって、家康は気合いをこめて槍を突き出す。

紙はたちまちのうちにボロボロに切り裂かれた。

「秀頼など誰の手にかかってもかまわぬが、あの真田の倅ばかりは、わしの手で討ち取ってやりたいもの」

息がはずんでいる。

「まことに。そのお心意気がございますれば、一騎打ちとなっても勝ちは見えております」

「一騎打ちか……。それもおもしろい」

家康は、槍の石突きのあたりを右手で握ると、大きくブンブンふりまわした。老人とは思えぬ体力だ。

母衣武者が駆けこんできた。

「大坂街道より、真田幸村隊、後藤基次隊、木村重成隊、槇島玄蕃隊、約二万が南下してまいりました。いま、下鳥羽《しもとば》を過ぎております」

下鳥羽は巨椋池のすぐ北側だ。

「来たか」

近江に出撃していた豊臣方の軍勢がいつ大坂城

へ引き上げるかは、家康にとって重要な課題だった。むろん、近江からくる軍勢を迎撃《げいげき》するだけの戦力は家康本隊に温存してある。

「さて、あやつら、そのまま天王山へむかうか……」

大坂街道をそのまま南下すれば、天王山と男山の隘路にはいりこむ。すでに藤堂高虎が男山を占領して天王山の秀頼に攻撃をしかけているのだから、戦術からいえば、真田幸村は高虎の背後をつくのがいちばん効果的である。

また、新たな母衣武者が駆けこんできた。

「秀頼の大馬標《おおうまじるし》が天王山宝積寺を出て大坂方面にむかいました。親衛隊も同行。片桐隊が殿軍《しんがり》となり藤堂隊をふせいでおります」

「さてこそ」

家康の顔に喜色がうかんだ。

「真田は軍をふたつに分けるであろうな」

「まちがいございますまい。二万の軍勢ならば、半分を藤堂隊追撃にむけ、半分をこちらのおさえとしてふりむけてまいりましょう」

「幸村はどちらにかかるか……」

「おそらくは、大御所さまを狙ってまいりましょう」

「わしもそう思う。真田とはいつか正面からあたらねばならぬ宿命よ。討つとすれば、宇治川を渡ってくるところだな」

「御意。すでにわが本隊の前備が、宇治川にそって布陣しております。わが陣営の軍勢はまだ三万残っております。たとえ、真田が二万でかかってきましても打ち破るのはいともたやすいこと」

「うむ」

家康は大きくうなずくと、馬をひかせた。

「幸村と秀頼の首級には、それぞれ十万石の恩賞を取らせよう。母衣武者にそうふれてまわらせよ」

母衣武者が家康の沙汰を前線の将兵に伝えると、徳川の旗本たちは大いに志気を高め、足軽の端々までが戦意を燃えあがらせた。

宇治川のむこうに、赤備の軍団がいる。

朝からの霧雨はようやくあがり、空に太陽が出ている。

雨に濡《ぬ》れた真紅の具足が、太陽を反射させ、一種の神々《こうごう》しい空気を醸《かも》し出している。それは真田の兵が備えている気迫かもしれない。

赤備の真田隊は、川をはさんで徳川本隊と対峙している。

すでに、後藤隊や木村隊は、天王山方面に消えている。

真田の軍勢はわずか数千。

対する徳川軍は三万。

開戦前の戦場は、ときおり馬がいななくくらいで、不気味なほど静かだった。

真田の軍から一騎の武者が進み出て、宇治川べりで大音声《だいおんじょう》をはりあげた。

「徳川殿、遠路はるばるの進軍、ご苦労に存ずる。われら、近江より大坂への急ぎの帰途なれば、お相手しておる時間がありもうさぬ。せめて、いささかばかりの矢弾《やだま》なりとも馳走《ちそう》いたさん」

その言葉が終わると同時に、弓部隊が矢を放った。

徳川軍弓隊も雨のごとく矢をあびせる。

宇治川をはさんで、鉄砲隊が弾丸を応酬させる。

「憎らしい真田の小倅め。一万の兵に川を越えさせよ」

家康が本多正信にささやくと、すぐさま徳川軍に喊声《かんせい》があがり、騎馬武者や足軽が浅い川に踏み込んだ。

真田の武者が川に飛び込む。

槍と刀が陽光にきらめき、断末魔《だんまつま》の悲鳴が空気を切り裂くと、川の水が血で赤く染まる。

後詰めをたのんでいるだけに、徳川の一万人は闘いに余裕がある。無理をせず、攻めやすい敵を効率的に倒していく。

真田幸村の馬標は、唐人笠《とうじんがさ》である。

徳川旗本の合田余一《ごうだよいち》は、「幸村の首級は十万石」との家康の報償が脳裡にこびりついていた。

雑兵《ぞうひょう》は相手にせず、幸村の居場所を虎視眈々《こしたんたん》と探していた。

唐人笠の馬標は、乱軍の中央にあった。

緋威《ひおどし》の鎧《よろい》に抱角の兜をかぶった武者が、足軽に囲まれて刀をふるっている。

武者ぶりがきわだっている。

(あれこそ、幸村!)

合田は腹を蹴って馬を駆けさせた。

「真田幸村殿とお見受けした。御首《みしるし》ちょうだいいたすッ」

足軽を切り伏せたところに、馬を駆けさせ、槍を突き出した。

槍はみごと幸村の脇腹に沈み、鮮血が噴き出した。

「十万石じゃッ!」

合田余一は、天にむかって吠《ほ》えた。

目の前に作法通りにすえられた首級を見た家康は、その瞬間、背筋が冷たく凍った。

「たわけ」

小声でつぶやくと、手ではらって、幸村の影武者の首を片づけさせた。得意満面でひかえていた合田余一は狼狽するばかりだ。

「あれは、海野六郎であろう」

「いかにも」

本多正信がうなずく。

「幸村はどこへ行った」

赤備の真田隊は、影武者となった海野六郎が討たれると、潮が退くように大坂方面に敗走した。

家康の手勢一万も、それを追った。

(真田幸村はどこへ行ったのか)

家康には、それがなによりの気がかりである。

機略に富んだあの幸村が、むざむざと腹心を影武者として討たせておいて、自分だけ生き延びる気だったとは思えない。なにか計略があるにちがいない。

「四方に物見を走らせよ。真田がこちらを狙っておるはず」

家康は二万に減った手勢に、厳重な警戒を命じた。

二

幸村の愛馬虚空蔵《こくうぞう》のたてがみに、水滴がびっしり密集している。幸村は、手で水滴をはらってやった。

目の前に宇治川がある。

これを渡って平等院の裏手を西につっきれば、いっきに家康の本陣の背後に出る。

幸村隊は、しめやかに渡河をおえると、西へは行かず南への道を選んだ。

小高い丘陵に上がる。

むこうに木津川の流れが見えた。

丘陵のすぐ下には、大和街道が長く南北にのびている。

「徳川隊には気づかれておらぬであろうな」

幸村が佐助にたずねた。

「いまのところは、まだ。いずれ、半蔵の手の者が探索にまいりましょう」

「うむ」

この丘陵に、幸村にしたがって登ったのは、騎馬武者ばかり五百騎。根津甚八の指導で馬上射撃を習得した手練《てだ》ればかりだ。

朝から降りしきっていた雨があがり、山城の盆地にたれこめていた霧が晴れてきた。

「ここから、大坂城は見えぬな」

幸村は遠眼鏡をのぞいている。

「生駒山《いこまやま》がありますからな。しかし、まことにおっしゃった通り、織田有楽をあの城に置いておいたおかげで、西国勢はだれも本気で城に攻めかかりませなんだな」

「ふむ、有楽を落としても功名にはならんからな。まともに戦いたくなる相手ではないわ。それよりも、みんな天王山におわす秀頼公にばかり目がむいておる。城攻めから目をそらし、大坂城を無傷で残しておくには、この手以外にあるまい」

「まことに」

根津甚八は、鎧の雨滴を手ぬぐいでぬぐうと、胴丸の合わせを結んだ真田紐《ひも》を強く結びなおし、その端を小柄《こづか》で切った。たとえ敗軍となっても、死ぬまで甲冑を脱がないとの決意表明である。

「洒落《しゃれ》たまねをしよるわ」

幸村が快活に笑った。

「ひとつうかがってもよろしゅうございますか」

「なんだ」

「お屋形さまは、なぜこのたびの合戦では、いちども甲冑をおつけになりませぬのか」

幸村は、今日も山吹色の小袖で馬にまたがっている。はおっているのは金の太閤桐《たいこうぎり》を背負った真紅の陣羽織。

「そうよな。あまり深くも考えておらなんだが……」

幸村は月代《さかやき》の雨滴を掌でぬぐった。

「死ぬるつもりがさらさらないからであろう」

「どのようにして、そのような境地に達せられました」

「さてさて、難しいことをたずねるものよ」

「才蔵の術とやらのせいでございますか」

「さて、どうしてそんな気になったものやら、わし自身にもわからん。おおかた九度山暮らしが長くて、ぼけてきたのかもしれん」

笑いながら幸村が再び遠眼鏡を目にあてた。

さきほどから西のかなたの野がさわがしくなってきている。風にのって雄叫びがながれてくる。武者たちに緊張がはしる。

佐助の配下が丘を駆け上がってきた。

「海野六郎殿、徳川本隊と激突。討ち死なされました。真田隊はそのまま南下、徳川の一万が追撃しております」

「南無三」

幸村が、片手で西の空を拝み、海野六郎の冥福を祈った。

根津甚八と佐助も、瞑目した。

「いよいよだな。前田がうまく動いてくれるかどうか……」

切れた雲の隙間から太陽が顔をだし、眼下の野が雨滴で銀色にきらめいた。


前田利常は、近江の陣で目ざめると、瀬田川のむこうの敵が夜のうちに消えてしまったことを家臣から告げられた。

「さて、やはり追わねばなるまいな」

利常としては、できるだけ合戦などは避けたい心境である。

できれば、戦闘に参加せず、徳川と豊臣の決戦を傍観しておく。最後に勝ちそうな側につく。言ってみれば日和見《ひよりみ》だが、じつのところ自家の兵力と財力をそこなわず、しかも危険な賭《か》けを避けようとすれば、日和見にまさる処世術はない。

ひょっとすれば、漁夫の利を得て、前田が天下取りになる可能性だってないとはいえない。

(家康が斃《たお》れれば、世の中すこしはおもしろくなる)

そんなことを思いながら、利常はゆるゆると馬をすすめた。

山科から醍醐寺《だいごじ》をすぎたあたりで、軍勢の後ろがさわがしくなった。

「なんの騒ぎだッ」

なにしろ一万二千人の行軍である。味方の足軽同士の喧嘩は日常茶飯事だ。

使番《つかいばん》が戻ってきて告げた。

「伊勢踊りの連中が数十人、軍勢のあとについて踊っております」

「追い払えッ」

「はッ」

伊勢踊りは、この夏ごろからあちこちで流行している。江戸末期の〝ええじゃないか〟と同様、民衆のあいだで突発的に発生し、暴力的なエネルギーを伝染させる。踊りのエネルギーは奔流《ほんりゅう》となって人々を狂乱の渦にまきこむのである。

ストレスの強い社会におこりがちな集団性の舞踏性躁病だといえる。踊りを目にすると、人々はフラッシュバックにひきこまれるように、その渦にとびこみたくなる。

使番は、ふたたび戻ってくると息を切らせながら告げた。

「群衆が数百人にふくれあがっております。荷駄《にだ》隊の人足のなかには、踊りだす者もおりまして、とてものこと追い払うなどはできませぬ」

「ええい、痴《し》れ者《もの》がッ」

利常が自ら馬を駆けさせ、自軍の最後尾まで戻ってみると、町民や農民、あるいは僧侶や物売り、旅の芸人などが、口々になにやら奇声を発し、手を振り足を上げて踊り狂っている。

一喝して群衆を追い払うつもりだった利常は、ただ茫然と人間の波を眺めるばかりだ。

(こいつらは、いったい……)

統一などまるでないようだが、波となった人々は、口々になにか叫んでいる。

「とくがわ……」

「たおせ……」

「徳川」

「倒せ!」

「いえやす……」

「ころせ……」

「家康」

「殺せ!」

その叫びは、大きな津波のように、前田利常の大軍さえ巻き込もうとしている。

「こっ、こやつら」

利常は顔を蒼白にして叫んだ。

「槍隊と鉄砲隊を呼べ」

一万二千の行軍で混雑する街道を、それぞれ百人の槍組と鉄砲組が逆行してきた。

街道に、槍襖《やりぶすま》ができた。

銀色の穂先は、踊り狂う群衆に向けられている。

さすがに、踊りの行進が止まった。

利常が鉄砲隊に、群衆の頭上へ発砲を命じた。

ババババッーン！

蜘蛛《くも》の子を散らすようにして、数百人の群衆が逃げまどった。

「使番ッ！　いまの銃声はただの訓練だと皆の者に伝えよ。動揺してはならぬとな」

使番が大声で叫びながら駆けていくと、入れ替わりに、べつの使番が駆け戻ってきた。

「先鋒が伏見にさしかかりましたところ……」

大軍で混雑する街道を戻ってきた使番は、声が嗄《か》れている。

「なんだッ！」

「はっ、京より伊勢踊りの群衆数万がおしかけ、わが軍に混じって踊り始めました」

「バカ者ッ！　早く追い払え」

「むろんのこと、先鋒大将が追い払おうといたしましたが、なにぶん数が多く、しかもすでにわが軍と入り乱れておりますれば、鉄砲もきかず、困惑しております。わが軍の足軽のなかにも踊りだす者が出る始末」

「やつら、なんと歌っておるか」

「そのこと、徳川倒せ、家康殺せなど、不穏《ふおん》な大声を張り上げております」

「徳川倒せ」

「家康殺せ」

まさに、いま使番が口にしたばかりの言葉が、利常のすぐ背後でわきあがった。

ふりむいた利常の肌に粟《あわ》がたった。

さきほどの数倍の群衆が、踊り狂いながら、街道に溢れている。

その群衆のなかに、忍びの才蔵や佐助の配下が混じっていることを、前田利常は知らない。

三

「前田隊先頭、伏見にさしかかりました」

母衣武者の報告を受けると、家康は床几から立ち上がった。

「前田に急ぐように伝えよ。なにをぐずぐずしておるのか。秀頼が大坂城に入ってしまうではないか」

家康の瞼《まぶた》の肉がひくひく神経質に痙攣《けいれん》する。

「前田が大坂街道を下れば、われらもそのあとより街道を下り大坂にむかう。そのように全軍に伝えよ」

本多正信が使番を走らせた。

そこへ、服部半蔵があらわれた。

「大御所さま、お耳に入れたき儀がござる」

半蔵は顔をこわばらせている。

「なに、真田の居場所が見つかったか」

「いえ……」

と、半蔵は進み出て、家康の耳に口を近づけた。

「なにッ！」

家康の顔の肉が醜くゆがんだ。

「いかがなされました」

「前田の軍が、伊勢踊りの群衆に囲まれて難渋しておるのだ」

「そのような奴原《やつばら》、鉄砲でも撃ちかけて……」

「お言葉ですが、洛中より押し寄せた数万の群衆でございますれば、とても戦の相手にできるものではありませぬ。酒を手に行軍の列に割り込み、前田の足軽などのなかには、いっしょに踊り出す者も出ております」

半蔵が説明すると、家康はたるんだ瞼を大きく開いた。

「その群衆、よもや、わしに謀反《むほん》を抱いた前田が集めたのではあるまいな」

「その点はなんとも。ただ……」

「なんだ？」

「群衆は、徳川を倒せと、叫びながら踊り狂っております」

「ふむ」

家康が思案顔になった。

「すこし、陣を下げるか……」

石橋を叩いても渡らない家康である。得体の知れない群衆がそばを通るのをこころよく思うはずがない。

「されば、半里（二km）ほど下げましょうか」

「うむ。ここはひとつ大事をとっておこう」

家康の陣は、宇治川から半里ほど下がり、巨椋池のほとりに定められた。

巨椋池は周囲約四里（一六km）。宇治川が広い低地にながれこんでできた巨大な〝淀〟で、中央に大きな島が四つ浮かんでいる。

　望月六郎が指揮する千人の突撃部隊は、未明から池に浮かぶ島の枯れた葦《あし》のかげにひそんでいた。

　初冬の渇水期である。池の水はすくない。

　昨夜のうちに村人に金を払い、小舟を徴発し、筏《いかだ》を組ませておいた。

　未明からの霧雨が、晴れてきた。

　向こう岸の徳川本隊の動きが、手に取るように見える。

　徳川の三葉葵《みつばあおい》の旗が、湖岸を西から移動してきた。

「やはりさがってまいりましたな」

　飛び火筒をかかえた三好清海が、小声でささやいた。

「才蔵の術が成功したのであろう」

　そうつぶやいた望月六郎は、緋威の甲冑を身につけている。そばには、幸村の唐人笠の大馬標を抱えた兵がひかえている。望月もまた幸村の影武者だ。

「前田はさぞや困惑したでありましょうな」

「いや、いちばん悩乱《のうらん》しておるのは家康であろう」

「本陣を定めたようです」

「よし。陣幕を張り終えたところを急襲する」

　三好清海と伊佐の兄弟は、ぬめりと光る飛び火筒の砲身をなでてほくそ笑んだ。


　池畔に張り終わったばかりの陣幕のなかの床几に、家康が腰をおろした途端、池を眺めていた物見が叫んだ。

「六文銭の旗だッ！　赤備の軍団が、巨椋池を渡ってくる」

　叫び終わらぬうちに、耳をつんざく炸裂音がとどろいた。

池のほとりに土柱があがる。

「真田でござる」

服部半蔵が唇をかんだ。

「ここはひとまずお退きあそばされませ」

本多正信が眉をひそめた。

家康は自分で幔幕を持ち上げると、敵を見きわめた。

「ふん、見ればたいそうな人数ではない。馬ももたぬではないか。あれぐらいの兵、討ち取るに造作はあるまい」

徳川本隊の鉄砲隊が、水上の真田隊に銃撃をしかける。

水上の真田隊には防御がない。筏のうえの兵が何人も倒れる。

それでも果敢に家康の本陣をめざして、赤備の兵が漕ぎよせてくる。

本陣の脇に土柱があがり、轟音がとどろく。

「よし、四半里（一㎞）だけ退こう。なんとしても、真田を討ち取れ」

家康はそのまま馬に乗ると、精鋭五百騎の馬廻衆に囲まれて西の大和街道に逃げた。

広野《ひろの》と呼ばれるあたりまで来ると馬をとめた。

ほどよい松のかげに床几をすえた。

本多正信が息を切らしながら、家康の脇にひかえた。

後からおいついてきた旗本たちが、家康の周囲に防御の陣形をととのえる。

本多正信が、首をかしげた。

「なにやら、いやな匂《にお》いがいたしますな」

「池から来た真田のことか」

「あれもまた……」

「影かもしれぬか」

家康は西を見た。すっかり晴れた空のしたに天王山がくっきりと浮かんでいる。

「秀頼はどこまで逃げたのだ。藤堂は追いつかぬのか」

歯がぎりぎり鳴るほどに、家康が口をゆがめた。

服部半蔵がただ一騎駆けてきた。

家康の前に膝をつき、静かに首をふった。

「巨椋池から攻め寄せたのは、影武者の望月六郎でござった。むろんのこと討ち取りましたが……」

「たわけ、うぬは千人もの忍びをたばねながら、真田の居所ひとつつかめぬのか」

「もうしわけありませぬ」

「いいわけなどせんでよい。真田を見つけよ。幸村はどこにおるのだ」

激怒する家康に、半蔵が頭をさげたとき、母衣武者が駆け込んできた。

「前田が謀反にてござる。宇治川を渡り、こちらにむかっておりますッ！」

「なにッ」

家康が床几を蹴って立ち上がった。「たしかか？」

「伊勢踊りの群衆は、手に手に竹槍や棒切れをつかんで、『徳川を倒せ』と叫んでおります。その数四、五万。鉄砲隊が蹴散らされております」

「前田は」

「踊りの群衆とともにあれば、すでに区別はつきませぬ」

「馬をひけッ！」

血色のよい家康が、蒼白になった。

「木津に逃げるぞ」

馬に飛び乗ると、家康はすぐさま鞭を強く打って駆け出した。

チッ！

鞍壷にしがみついて走りながら、家康は舌を鳴らした。

(阿呆なことになりおったわ)

思いもかけぬ軍勢の出現に、家康は歯がみせざるを得ない。

真田がどこから出てくるか、まるで見当がつかない。

(こんな阿呆なことがあるか)

家康はまた舌を鳴らした。

(こうなれば、木津から笠置《かさぎ》に退いて、軍をたてなおそう。藤堂が秀頼を討ちもらしていれば、大坂城を囲めばよいのだ。五十万の軍勢で囲んでやるべし。前田の倅のど阿呆も思い知らせてやろう)

木津川両岸にひろがるこの広い谷は、空気がきんと張っていた。

朝のうちに出ていた雲はあがり、上空に青空がひろがっている。

広い河岸の平野は、よく耕された田である。

刈り取られた稲の束がところどころに積んであるが、地面はむきだしになっている。

雨上がりの太陽は美しい。

陽射しがやわらかく暖かい。

突然、前方で強い爆発音がとどろいた。

馬で疾駆していてさえ、地面のゆるぎが感じられるほどの強烈さだった。

地面から噴き出した土の柱に、馬が何頭も天に舞った。

爆発音は何回もとどろいた。

地に倒れた馬へ、後続の馬が全速力で駆け込んできて、大混乱になった。

転倒者が続出する。

そこへ、かぶさるように、左手の丘に喊声《かんせい》がおこった。

なんとか馬の首にしがみついていた家康は、突然の吶喊《とっかん》の声に、背筋を凍らせた。

丘を見上げると、斜面から赤備の軍団が駆けおりてくるではないか。

赤武者たちは、凛列《りんれつ》の気を発している。

家康は、爆発音で棹立《さおだ》ちになった馬をなだめようとやっきになっていた。


大和街道を見守っていた幸村は、右手から騎馬の一団が駆けてくると、根津甚八に目くばせした。

根津甚八がにやりと笑いかえす。

真田の戦略は、まんまと当たったのだ。

駆けてくるのは、三葉葵の旗をかかげた家康の馬廻衆。

街道の幅はさほど広くない。

走ってくるのは一騎ずつ。

幸村は、先頭の一騎が、丘のふもとの赤松の大木にさしかかるのをじっと待っていた。

馬の蹄《ひづめ》に踏まれた地雷火が炸裂した。

土の柱が何本も立った。

全速力で走ってくる後続の馬が、つぎつぎ面白いように転倒していく。

たちまち、馬がいななき、暴れ馬となる。

重い鎧《よろい》を着た武者が落馬する。

「かかれッ！」

幸村が叫んだ。

「家康の首級をあげよッ！」

声のかぎりに、幸村が叫んだ。

馬鉄砲《うまでっぽう》の訓練を積んだ真田の猛者《もさ》五百騎が、い

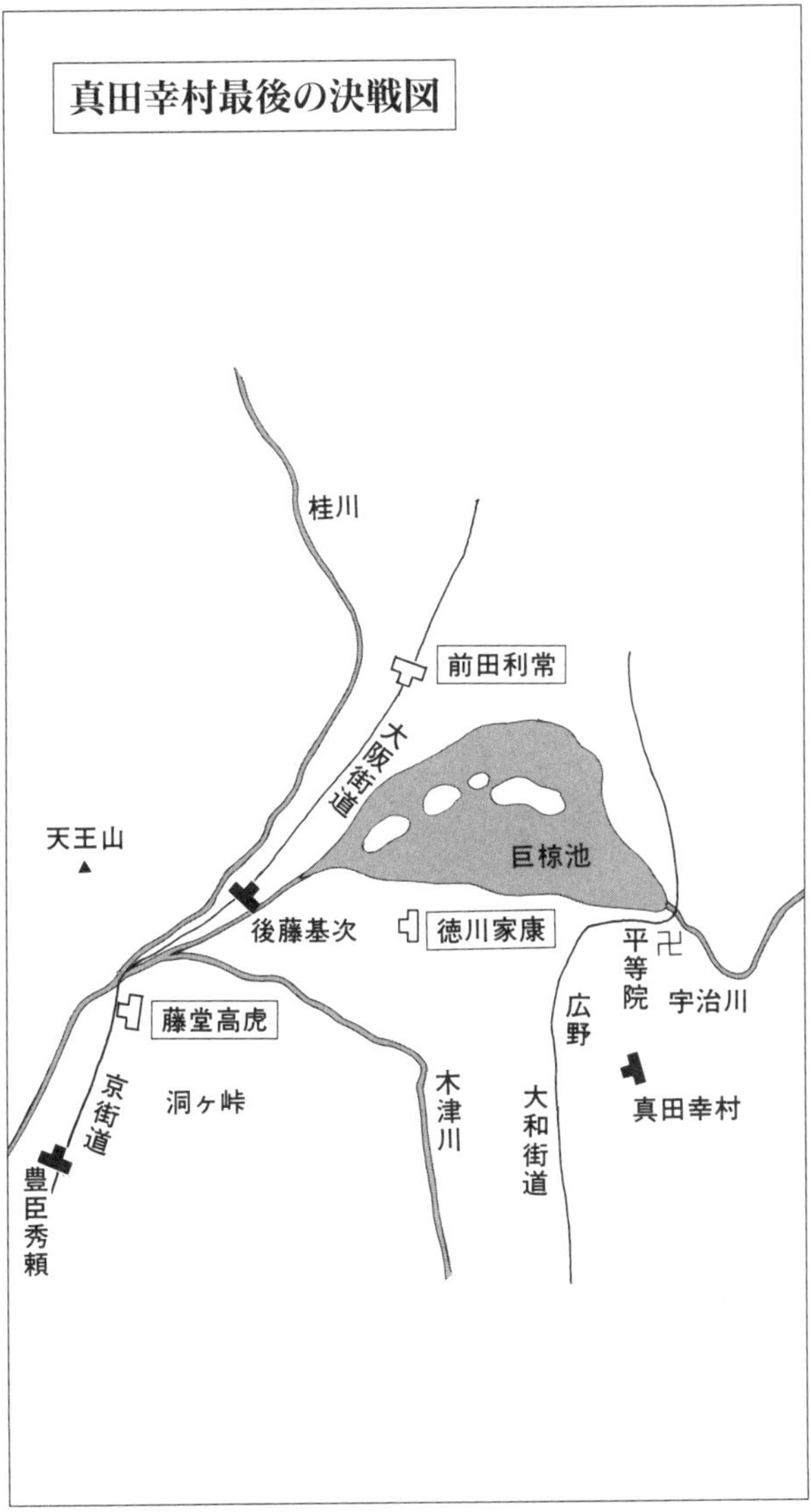
真田幸村最後の決戦図
桂川
前田利常
大阪街道
巨椋池
天王山
後藤基次
徳川家康
平等院
宇治川
広野
藤堂高虎
京街道
洞ヶ峠
木津川
大和街道
真田幸村
豊臣秀頼

っせいに丘をかけ下りた。

雄叫びがあがる。

駆ける。

駆ける。

家康馬廻衆は、突然の爆発に混乱している。爆発にとまどう馬たちは、まだ興奮がおさまらない。

そこへ突っ込む。

幸村隊の第一波が銃撃を開始した。

そのまま銃を刀や槍に構えなおし、徳川軍に突入していく。

鉄砲をもたぬ家康隊は応戦どころではなかった。

真田隊第二波、第三波が銃撃をあびせる。

徳川の武者がおもしろいように落馬する。

赤い五百騎の軍団が、広い刈り田で家康隊を囲んだ。

家康とともにいるのはわずか百騎ばかり。

「家康ッ!」

左手で手綱《たづな》をつかみ、右脇に槍をかまえ、幸村は家康を探した。

老人がふたりいた。

痩せぎすの老人は本多正信であろう。

太った老人が家康だ。

大きな目がぎらぎらと光っている。

幸村と家康の視線が火花を散らした。

家康は、刀を抜いた。

幸村が馬の腹を蹴り、家康に駆け寄ろうとしたとき、北の街道から騎馬の群が押し寄せてきた。徳川の後続部隊だ。

家康が余裕の微笑みを浮かべた。

家康馬廻の一騎が、槍をかまえて右から幸村に突進してくる。幸村は槍で槍をはらい、いったん

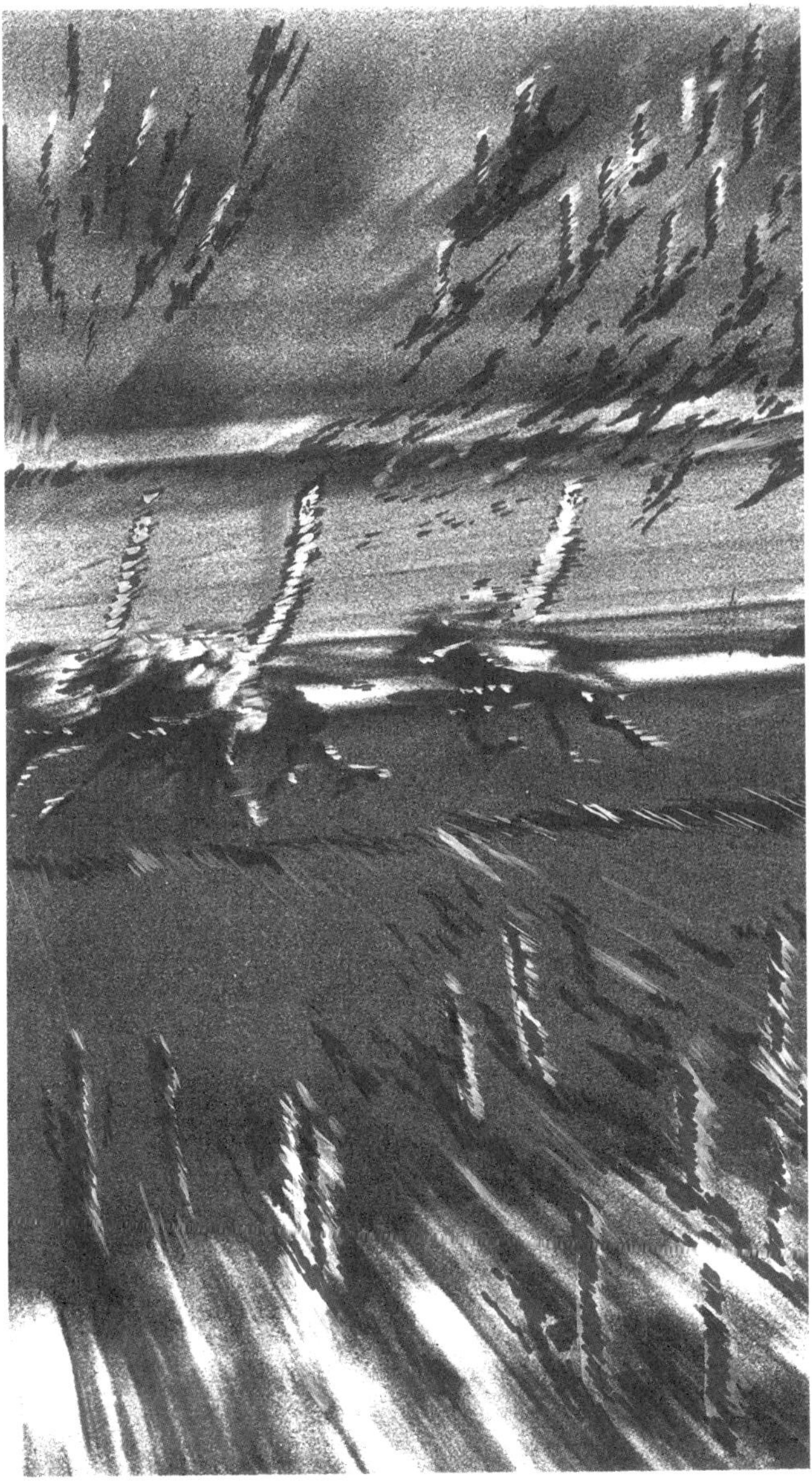

大きく柄を引いてから、武者の喉を槍で突き上げた。

　槍が武者の首に突き刺さっているところへ、別の武者が攻めかかってきた。

　幸村は槍の柄をはなしてすんでのところで敵の槍をかわし、正宗を抜いた。

「真田を討てッ！　幸村を討てッ！」

　家康が叫ぶと、何人もの武者が幸村に突進してくる。

　またたくまに囲まれてしまう。

「小倅ッェ」

　家康が、地獄の底から恨みをふくんだ声をはき捨てた。

　銀色にきらめく槍の穂先が、からかうように幸村の陣羽織を切り裂く。

　虚空蔵の鞍にさげてあった鎧通《よろいどおし》をひきぬき、幸村は槍をふせぐ。

「わしが仕留《しと》めるッ！」

　家康が叫び、刀をふりかざして、幸村にむかってくる。

　羅刹《らせつ》の形相だ。

　幸村は、周囲から突き出される何本もの槍をはらわなければならず、正面からくる家康の防御ができない。

　家康の刀がまさに幸村の頭上にふりかざされたその瞬間――

　ダァーン！

　銃声がひびき、家康の馬が膝を折った。

　家康が落馬する。

　根津甚八が数騎とともに、囲みを破って幸村のところに突入してきた。

　とっさに、幸村は虚空蔵を飛び降り、地面に倒れた家康に馬乗りにまたがった。鎧通を高くかざして、家康の伊予札胴丸の胸板に深々と突き刺した。

グイッ！　ズブリッと手応えがあって、両刃《もろば》の鎧通は、家康の肥満した胸に深々とめりこんだ。

「ギュェッ！」

家康が断末魔のうめきをあげた。

胴丸から血が噴き出した。

根津甚八が大音声でよばわった。

「家康討ち取ったりッ！　徳川の天下は終わりじゃ！」

その声に答えて、真田軍団の全員が雄叫びをあげた。

「うぉおおおおおおおおお」

地が揺れ、徳川の騎馬武者がひるむほどの怒濤《どとう》の雄叫びだ。


いま、ここに天下が変わった。

徳川の世が終った。

認めたがらぬ者もいる。

「ええい、お前らの好きになどさせるかッ！」

馬上の本多正信が叫んだ。

まだ家康に馬乗りになって息を切らせている幸村めがけて突進する。

正信の刀が、幸村の小袖をかすめた。

すんでのところで地に転んで刀を避けた幸村は、立ち上がると天にむかって吠えた。

「天下に告げよッ！　豊臣の勝利ぞ。家康は死んだぞッ！」

「その口を封じてやるッ！」

本多正信は全身に怒りを発散させ、ふたたび幸村にむかって突進する。

数騎の徳川武者が続く。

すかさず、真田武者の槍がはいる。
本多正信が左肩に手傷を追った。
しかし、ひるむようすもなく、真田の武者に切りかかる。
死ぬつもりなのだ。
たちまちのうちに槍の餌食《えじき》となった。
家康と正信を失った徳川の武者たちは、顔色を変えてうろたえた。
戦うべきか、退くべきか——
それさえわからぬ狼狽ぶりだ。
真田の武者に槍を向けられると、ちりぢりに逃げまどう。
あっという間に真田の武者に追いはらわれてしまった。
「家康の首を、槍に結べ」
幸村の命で、家康の首級《しるし》が切り落とされた。
髷《まげ》を真田紐でゆわえて槍の先に結んだ。
根津甚八がそれを高々とかかげた。
幸村は虚空蔵を招き寄せると、ひらりとまたがった。
「大和から生駒をこえて、大坂城に凱旋《がいせん》いたす。豊臣の勝利を天下に告げよッ！」
幸村は、そう叫んでから身震いをひとつすると、大きな嚔《くきめ》をたてつづけに七回した。
天を仰いで大声でわらってから、虚空蔵の腹を蹴って駆け出した。

（了）

真田幻闘記

著　者　北　山　　密
発行者　真　船　美　保　子
発行所　KKロングセラーズ
東京都新宿区高田馬場2-1-2
電　話　03-3204-5161（代）

印刷・太陽印刷　　　製本・難波製本

ISBN978-4-8454-0951-8
Printed in Japan　2015